福歌与晚舸

何光辉◎著

作家出版社

图书在版编目（CIP）数据

福歌与晚舸 / 何光辉著．-- 北京：作家出版社，2025.8．-- ISBN 978-7-5212-3270-7

Ⅰ．I227

中国国家版本馆 CIP 数据核字第 2025M2Q897 号

福歌与晚舸

作　　者：何光辉
责任编辑：李亚梓
特约策划：李家晔
封面设计：琥珀视觉
出版发行：作家出版社有限公司
社　　址：北京农展馆南里 10 号　　邮　　编：100125
电话传真：86-10-65067186（发行中心）
　　　　　86-10-65004079（总编室）
E-mail: zuojia@zuojia.net.cn
http: //www.zuojiachubanshe.com
印　　刷：唐山玺诚印务有限公司
成品尺寸：142×210
字　　数：177 千
印　　张：9.375
版　　次：2025 年 8 月第 1 版
印　　次：2025 年 8 月第 1 次印刷
ISBN 978-7-5212-3270-7
定　　价：88.00 元

主题诗集的尝试者与探索者

——《福歌与晚舸》序

曾镇南*

在我以评论当代小说为主的批评生涯中，读诗评诗的尝试和经验很少。因此，当我面对何光辉的主题诗集《福歌与晚舸》时，是颇费一番踌躇的。特别是我开始展读后发现，这是一部在旨趣和形式上都有些另类的主题诗集，我的惶惑就更甚了。我不知道我的序言，能不能说出一些于作者和读者有益的话来。

循着我暗中给自己定下的“读了再评”的写作规约，我开始认真地来研读这部主题诗集的第一篇章：“海之戚”。虽然初读乍识，我一下子还不太习惯作者倏忽多变的构诗思路，也不太明了作者遣词用字的地域特色和方言语汇，但毕竟同是八闽大地之子，东海之滨乡人，我还是渐渐揣摩出了何光辉诗作里幽隐的意涵和比兴的参照物，感受到了他有些拗口涩拙的诗句里凝成胶状的诗情。因为是胶状，所以它不能流畅

* 曾镇南，毕业于北京大学中文系，福建漳浦人，著名文艺评论家；曾任职于中共中央书记处研究室、中国作家协会；中国社会科学院文学研究所研究员，《文学评论》副主编；曾多次担任茅盾文学奖评委，“五个一工程”奖论证专家。

地涌出，只能缓慢地洇渗析出；但也因为是胶状，所以它有一定的浓度。诗缘情而发。何光辉的诗，不是少年未识情滋味的浅白空泛之作，而是中年造劫历世深谙世味之后的顿悟梦幻之语。它是值得认真的读诗者索隐探赜的。

幼小时听惯了姥太、姑婆讲述亲历的有关“海之子故事”长大；青年时怀揣“献身报国”之志才真正来到闽东南的大海边；成年后一直工作、生活在海峡两岸的“福地家园”，眺望海峡彼岸，浓积家国之思；还有与这一切组成的人生之路相伴而生发出来的文学写作、特别是诗歌写作之长途……这一切，都在光辉的主题诗集里有浓缩而曲折的反映。特别是在第一篇章“海之戚”里，就已经集中了在而后的三个篇章：“家之亲”“物之语”“福之春”里所敷陈衍生出来的所有的母题了。在某种意义上说，何光辉的这部主题诗集，是有一个藏得很深的抒情主人公的，它既是一部抒写闽省东南沿海连接两岸的“海之歌”，也是一部反复咏叹作为“海之子”的浩荡而婉曲的“自己之歌”。循此以进，便可以打通潜伏在海沟山石间的幽隐的解诗之门。

光辉的诗情，可以说是一个“福地家园”的“海之子”的乡恋情、念亲情、家园情、山海情、海峡情，乃至天下情；也可以说是个人的爱欲情，抚物情，格物致知的物理情，入真出幻的感世情，乃至佛缘情、仙灵情。在他的笔下飞出的每一曲“福歌”，闪现的每一艘“晚舸”，都是缘情而现的声与画。他的每一首诗，不论工拙精粗，都是一个独立的诗情体，因题而作，因事而异，都可把它当作独立的一首诗来读，来解，只要你有足够的阅读耐心。

还是来举几个诗例吧。

首章“海之戚”的第一篇《我是海平线的一支帆》，是提摄了整部主题诗集的精魂的有代表性的诗篇。它先以第一人称表达了帆与大海母亲的渊源：它“出生就站立潮头”，是“行走在浪尖风口”上的风浪之子。“风若无恙，便是我生息的暖阳”。接着继续以帆的口吻，平实地自我观照，写出帆与海之间一落一涨，一低一昂的相互默契的节奏感，写出了帆与海激荡的冲动与平衡的傲慢，把帆“让山河血脉，昂过于晴空”的不息运动的目标感集中地高眺地抒写出来了。

后两节诗转换为第三人称的绘状：第三节写帆与最亲密的艄公的象征意味的关系，高矗于晴空的帆俯瞰一位艄公的命运，挽起了艄公“一生的念想”，“以海为床，仰天为舞”，“何愁，没有新婚的花桨”。帆就这样注视着，沉思着艄公的命运：留下了喜或悲的悬念。第四节也即全诗的收束，仍用第三人称突显“与燕同窗，与水同聊”，牵系着“平潮线上的思念与悲怆”的海上一支帆的兀然高立的形象。这是诗人对风浪之子“帆”这一物象的沉思，也是对“帆”的艺术意象的抽思演绎：“是水柔情，是山激扬 / 发自能量与信仰之床啊！就像 / 霜雪里的老者，流觞曲水 / 看淡所有的过往。哪怕只剩 / 一支帆的今生，也要紧握 / 把头颅矗立于海天 / 还于前世的万丈光芒”——这是对帆的礼赞，也是对海的拥抱，更是对人即感物而发诗兴的抒情主人公无意中的自我塑绘。诗人借助人称的悄然变换，完成了对咏帆诗的多重意象的营构。善于构思复合型的一本万殊的诗的意象，正是何光辉运思挥翰的一个特征。

接下来的十几首诗，诗人把自己的特殊的家和身世，把自己三代宗亲姻戚，变幻地构思为一幅幅海岬渔家的写实画面，把由离家的游子，养育外孙的“查姥”，守着宗祠老家的阿妈构成的这样一个海岬之家的三代人支柱，在诗里呈现为一个旋转的立柱，多姿的中轴。有的是属于历史的黯淡的悲剧，如《红砖厝的唢呐》《姑婆的一片海》《等海的阿辉》等等，而那首把台海聚合与分离的历史地理之歌扩展地吟唱出来的《垒石台的情歌》，则是抒写台海家国情怀，民族血胤的悲壮的宏朗的高吟豪唱，是提升这部主题诗集的意旨和境界的力作。

融入了诗人亲身经历和现实生活的观察而成的抒情诗中，也有寄托私人情愫和微妙感触的《归港的谎言》。此诗表达的幽隐曲折和翰藻的邃深与闪烁，颇有现代诗中的李商隐的影子。而《扫滩人》勾勒出的被岁月和海湾拉弓了腰的扫滩劳动者的形象，既有岁月的沧桑感，也有在桥头迎风梳妆的“老人与狗”画面的仪式感，令人回味不已。还有写得那么清澈明丽的爱情与劳动之歌《撒网的阿郎》，是“渔村好年景”中一帧美丽而缠绵的特写镜头，“暖暖的脚步，与一次次的心跳 / 惊飞一朵晚霞 / 撞进广阔的旷野，激情荡漾”，堪称鲜亮的“诗眼”；末节“噢！无意间的一笑／我游弋在你为我布下的天罗地网／我是鱼，你是渔／同命同祖，同饮一池琼瑶”。甘被爱情俘获入网的少年的率真和幽默，使这首爱情小调凭添了几分俏皮的味道，落笔在撒网的阿郎身上，却隐约可见一个娇俏的渔女形影呼之欲出，达到了目注此而神在彼的艺术效果。这也是诗人笔下难得一见的单纯明净之作。

最见地域历史特色的，可谓咏妈祖的《海的眼光》与写在福地崇武西沙湾为保卫海边一对老百姓母女而牺牲的二十七位解放军战士而兴建的“兵庙”的《兵庙里的恩情》了。诗人笔下的黑脸（般黛）妈祖的形象，既有海神出处的人世间女儿的温存与博爱，也有“龙宫里推落的一粒过河的棋子”的神秘的“海的眼光”，也即天眼之光。最后一句“没有你的依存，哪有我的金身”，用妈祖的口吻，说出海的女儿的神性是来自她所庇护的芸芸众生，鲜明地揭示出妈祖神祇的民间性，她不仅护佑讨海的渔民，而且满足渔妇们求子的心愿：“惊风雨，泣鬼神／博大与爱是春潮擂动的钟鼓”，这真是提摄诗境出神入化之笔。

《兵庙里的恩情》是一首依托于实有本事的纪实诗。何光辉的诗笔，把这件“诗本事”，写得充满了浪漫主义的情调与神采。请看，以不忘报恩的闽女的声口吐露的心声是多么沉痛而激越：“有一种使命叫重塑／悲痛后捧起这把灵魂的红土／泪渗成浆，血染成色／你把无名影子捏成冲锋的样子”；请听，以朴实无畏的青春名义，供奉于兵庙的誓言和宿愿是多么崇高而伟烈："我的命，血肉之躯 / 缔造了恩情的重维 / 风月与煞口的对视，活生生的 / 来不及问及你们的姓名 / 青春，却用廿七个心跳 / 丈量一个世纪最厚重的情义 / 今生，我要升一处高堂 / 日出东海 / 报答你一百零八个鱼水深情"。这首诗，就这样升起了这部主题诗集的一个精神高地。它坚实凝重且有轻扬飞动之势的艺术风调，给我留下了鲜明的印象。

诗例或诗证的列举就到此打住。我的疏解与发挥，或许不能尽发何光辉主题诗集内蕴之深广，外烁之博丽，但也能从中略窥作者诗艺运用之一端吧。这部我初读时感觉有点扑朔迷离，难于索解的诗集，在反复寻绎之后，才找到了一个曲径通幽的洞口，看到了一个稍稍清晰豁朗的诗的天地：这是何光辉基于自己的家族、身世、经历、感受、思索而写出的自传诗。它体物浏亮，缘情绮靡，反复抽思，不断变幻，奔赴一个崇高伟丽的主题，成了一曲绵长厚密的海峡此岸的"海之子"寄托山海之情，天下之志的史诗。在那些写得比较浑融畅达的篇什中，抒情主人公的家国情思，让我辨识出了某种楚骚、胡笳十八拍的况味（如《幸运岛》《蛙与海的因果》等自传成分更显豁的诗作）；它使我想起了刘勰衡文论诗的两句话："事出于沉思，义归乎翰藻。"毛主席曾指出，前句指的是文艺作品的思想性，后句讲的是艺术性。我理解思想性方面包括内容（事）的充实，主题的提炼（沉思）；艺术性方面，包括艺术传达的意涵（义），艺术语言（翰藻）的锤炼与运用。用刘勰的尺度来衡量何光辉的诗歌，我当然意识到他这集子里的诗作思想艺术水平是参差不齐的。笔力时强时弱，营构或精或粗，风调或文或野，成色有足有歉，诗集整体呈前紧后松之势，有同义反复之感，这样就不能紧紧拉住读者穷尽全境，卒读全篇了。这也是毋庸讳言的。但我之所以仍用刘勰的尺度绳之，这是因为，衡文应有高标准。求之弥高，则促其趋于高格之力也愈强旺；期之弥殷，则提升其远大之志之内生力也越强劲持久。这也是“取法乎上，仅得其中”之义的别一解吧，拈出与何光辉共勖之。

在新时代文艺创作的实践和评论中，谈论主题创作的话头渐渐多起来了。大多指的是单篇作品或成于众手的作品集共受一个鲜明的时代主题制约这种情况；像何光辉这种成于一人之手的上百篇作品汇为一集又赋予一个稍觉晦涩的主题笼罩全集的情况，似乎较少遇见。我刚接触何光辉的主题诗集时，不免有点少见多怪。其实这种主题创作集的现象，在中外艺术史上，是古已有之的。中国诗歌作品集，可以举《九章》《九歌》为例；短篇文言小说中，可以举《聊斋志异》为例。外国的呢，因浩如烟海，我所知孤陋，不敢轻率置喙，只举一个我因读鲁迅而想起来的画家的例吧。那就是生活和创作于一百多年前的英国版画家比亚兹莱和比利时版画家麦绥莱勒。关于前者，鲁迅称他是十九世纪末情调的“唯一的表现者”，“他把世上一切不一致的事物聚在一堆，以他自己的模型来使它们织成一致。”关于后者，即比利时的麦绥莱勒，是主题版画集的最典型的画家。据鲁迅译介的材料称，他一生刻制了上万幅的木刻作品。他的作品常常是有情节的系列画，如《我的忏悔》，多达一百六十五幅。他是大块落墨，放刀直干的；然而许多作品即便是作为独幅创作，镶于镜框、挂之于墙，也不逊色。法国作家罗曼·罗兰称他为二十世纪的杜米埃或戈雅，因为他们都深刻表现了底层人世万象，是历史的记录者，挑剔者。鲁迅曾为他的系列作品集《一个人的受难》写过序。这部主题画集中的《路灯下读书的青年》一幅，曾被1936年成立的读书生活出版社选为社标，在中国读书界广为人知。

话题似乎扯远了。看来，主题作品集的有意识的创作，在文艺史上，是已有成为经典的前例在的。也许何光辉在写作、汇集他的诗集时，正处于无意识的状态，但是，诗人一旦选择了创作之途，就不能以"我未尝想成为诗人"的谦词，来回避他作为一个诗人的神圣的使命感和艺术创造、创新的自觉性、历史主动性。我诚挚地希望，何光辉于主题诗集的创作，能从朦胧转为清醒，从必然王国跃入自由王国，成为与经典遥遥相呼应的后来者。虽不能至，而心向往之——这不正是一切热爱文艺，矢志学艺的艺徒、作者应取的态度吗？

2025年4月18日写毕

于北京寓所

目 录

第一章 海之咸

第二章 家之亲

第三章 物之语

第四章　福之春

第一章

海之威

相隔并没离别

泣诉未必是忧伤

这片海有你足够的容量

我是海平线的一支帆

你许我，出生就站立潮头
行走在浪尖风口
因渺小，母亲给我取名——浪子
目光与海风碰撞
风若无恙，便是我生息的暖阳

我心与你之间一落一涨
安分惊人。而你不耐孤寡
叩问吧，冲动与傲慢
你忧虑着白天与黑夜的对仗
我心，开成花的姿态
让山河血脉，昂过于晴空

深蓝惬意宛在中央
颜值与肤体的一片留白
有人将圣洁置放在枝头。花瓣
或玉妆或头彩，似碧镜
张扬着博大与霓裳。这一刻
挽起了艄公一生的念想
以海为床，仰天为舞
何愁，没有新婚的花桨

与燕同窗，与水同聊
每一季飓风的侵蚀，都降于心上
平潮线上的思念与悲怆
是水柔情，是山激扬
发自能量与信仰之床啊！就像
霜雪里的老者，流觞曲水
看淡所有的过往。哪怕只剩
一支帆的今生，也要紧握
把头颅矗立于海天
还于前世的万丈光芒

“半仔”的月光

总算，又盼到了月半
人间与天上的初一、十五
月亮和半仔的如约

月光是半仔头顶的灯塔
往返的能量。何不是
这边往那头摇摆的一支帆
摇动着海浪的起落
摆渡着家的温度

岸的这边
沾湿了查姥的泪巾
海的那头
挤坏了郎仔飘零的汗液

月下。还有
阿妈祠堂里的高山流水

红砖厝的唢呐

红砖厝，庄重大方
一脉相传
“某”不加去猜想
掷响虔诚的圣杯
意味“昂”要归来

祠堂的唢呐，撩开了我的心跳
是谁忙碌了院落里的手脚
是谁唤醒了海子的乡愁
是谁牵挂了母子的柔肠
又是谁，紊乱了新娘花簪下的白发

燕翘上的信使
能否转达我岁岁月月的苦恋与忧伤
宽我所愿，别忘了厝门前的祈祷
别忘了族堂里的礼乐
别忘了曾经在马尾松的微笑
曾经的阿曾。别让
我心在飞，你却在他乡躲藏

姑婆的一片海

姑婆辈分很大，大至无际无边
天涯海角，超越她三生三世
或是更古老的传说

门前的小矮凳，磨光的青石板
承载过她的长袍。这口干枯的井
只剩一滴泪的能量。一条船的筋骨
承载着风雨　风声　风云。还有哀愁
驶向孩子们看不见摸不着的地方
一片海的模样

大屋里的祖祖辈辈，想都不敢想
只有福仔，山里第一个看海的人
匆匆地笑，匆匆地回望
匆匆去赶海，匆匆去漂流
回眸时的一霎目光，缔约了奇迹与念想
山风野鸣，声声号角，烛影憧憧

非分的几个秋啊
不知掀起过多少姑婆心头的潮起潮涌
冬去春来，却解不开盖头里的砒霜

三月三街头的高跷，孤独又彷徨
梳打过姑婆的深皱，枯萎了的柳岸花红
笙箫，填平了她不眠的夜晚
却抚不平她心中那一片海
盼不回，渺无归期的福仔

归港的谎言

闺房的门与海的门对开着
是对话，还是触摸着体温
脚步很轻，担心错过敲门的船翁

笛一声，是快递员的铃铛
忽远忽近，像湾泊里舟桅的呻吟
浪与岸交响时的节拍
慰藉着沉静的纤缆
自由收放，弦出一曲乡音

开门见海，便是念与真的实意
踏浪时的足迹，与欢笑
捉不及，却可筑起通向彼岸的桥
是一条船也罢。足底的泡沫
可以承载一片云彩。会飞的泪
寻不见天海间曼妙的虹

老人的扁担

飞向天窗的雨，悬着
一把屠刀，架在衲下的肩上
东厝西屋里蒸发着，慰藉着
潮湿的门板夹里
这条风化悠长的扁担
挑一无二，挑生捡世
挑起篓子与土楼的影子
担过朝起夕落
只为一檀香

路，把腿绑得生硬
跨不上当年的木马，就像
花老了，老花了
月亮的东头望不到西头
昂起头，想看得更远
俯着身，却雁落步惊
忘了回家的路

多少次，设计师想把你当作素描
用膀子支撑起海的分量
点点线线，不再是空飘的风向

绣成一条绢花，袖手旁观
弯弯的苦恋，或许在今朝
老人，正为你煮成
路旁的一碗谷雨茶

等海的阿辉

阿辉是地道的客家
爷爷说，等路是家族孝道
客人，亲人，长辈
走路的人才知道路的长短
走远路的人才知道路遥的曲折

阿爸也是地道的客家
很早就“唐山过台海”
客母三迁。海也变成了客家
妈妈说，等海是中华孝道
用希望走到希望

等海，等阿爸扬帆归来
开门见海，出门赶海
潮涨听海，日落等海
等到地老天荒
等到海枯石烂
等到浪静潮平
等到花好月圆

垒石台的情歌

假想，两千年前
宴飨与朝会的乐歌早点到来
我一定被写入风雅颂
在黄土与马背上高亢行走
在宫阙与楼阁里笙歌燕舞

假想，三百年后
司南与天元号可以如期而至
我一定化作一对蝶花
登上郑和宝船，高昂在艄尖
踏着碧浪寻找着远航的报道
用容颜唤起四海的慈祥
用绸缎披展东方的荣光

假想，五百年后
地动山摇不算是一场劫难
我一定相信信念的力量
那时的我，看透世间炎凉
与这堆叠放的石头
和洗涤过的灵魂一样
知道什么是泪，什么是笑

假想，一千年后
伫立成云端的宝盖山
我一定成为千古的塔
眺望台湾海峡
我继续会用身肌垒起垫踝高台
码头与桥栏，通天的虹
用时空殉情的对唱
弥合几代人风雨的创伤

假想，不再假想
我的方程垒，你的情人谷
我和你的命运等价，遭遇
一段经年之痒和骨肉爱情的故事

老夫与枪杆

差点被火舌呛倒的铁驹
捡起长矛，疾驰在沙场
哭喊中，看见海枯石烂
把烽烟扎紧伤痛
用方钢与肌肤凝固的身躯

这双长茧的粗手
从指间流出的都是火星与能量
像桅杆，没有激昂怎有可能
撑起一片云帆
就算是硬朗的老身板吧
尔时复发的旧伤，似曾年经
杆子还在，外直中通
刚强的筋骨里这股热依存
一膛没有冷冻的回念

红花的岁月，与血有关
大地的根，大海的水
剪辑成旧时的笃尚与风流
黄色，相互表达的季节
颜色是青春的时光

光环是相册的景色
来自天堂的恩赐，这荣耀
与皮肤相同的本色

在海边
一位徘徊在岸边堑壕的老人
用呼吸和心跳与海对白

海的眼光

每天都有同类的所思所想
涨时，听你的呻吟
落时，听你的哭泣
你用进退牵引海子的目光
用慈愍闪烁着光芒
或许，还有海鸥，船，船工
岸边与你相知的哨所

你的痛处正是思绪的风
散落的儿女都是你施舍的珍珠
那般黛与骨肉
从孤寂中复出的亲情与中意的鲜灵
牵手的余温，暗送的秋波
无法阻隔冲动的海流
却把孤独刷洗得更加孤独

在弄潮人眼中
你是一尊不可侵犯的仙神
惊风雨，泣鬼神
博大与爱是春潮擂动的钟鼓
把宽恕铸就成虚怀和百川

哪怕有哭求中裂肺呐喊的孩子
悠然轮转，昂起头
龙宫里推落的一粒过河的棋子
埋下天眼之光
没有你的依存，哪有我的金身

海的心念

以什么念头，寄在你心上
一件没有言语牵挂的衣裳
拖着长长拭泪的风
行走在乡愁的路
吹干小溪旮旯的忧伤
在大海中翻开朦胧的记忆
让月光涓细地流淌

以什么理由的心跳，挑上行囊
一副担着血脉和树根的扁担
肉体铺平在东西南北
孤独的脊骨刺穿秋冬春夏
一股酸痛滋养
失意了的儿女情长
但，你一定记得
用扁担的左端系上高山
用右边镶着海岛

把言语，安放在孩童的胸花上
母亲，颤动着山里的和声
没有眼光，哪怕只能看到脚下的光

没有惆怅，就要天天等到太阳
每天的我，依然用夤夜的星座
听惯驼铃声中盲人的故事
对着岸的胸膛久久凝望

站在水圆心说话

介于无意与有意之间，抛出球
源自根的种子，地平线的引力
把心口游渡在半天的涨落。滚烫的
柔肠，是无恙的母亲
为女儿出嫁时煎煮的鸡汤

奔流诱发了匆忙。失散的儿女
把月梢当成黎晓的璃钗
闸开头顶的亮标，将诱饵躲进
波罗的海的浪涛与礁
将薄渺揭为疆域的威严
酿一场滔漫宫殿的密诏

我是你金汤里炼成的一粒青丹
根与叶的情义。风云淘尽
放纵时光的长度，一寸千秋
用心念和香梵，搓成飞花
遵着洒脱与收手的瞬间。令指于
海的圆心，依皈足下的泥泞

掠海者

风雨雷电铸就了你的姿态
会飞是你的本能
像穿梭于另一个大千世界的鹰
翘翅于平潮之上
与彩虹遇见
只为厮守一轮昂首的日出

许多时候，离地三尺便得离嗔
失重是为了找到平衡
解脱苦难在于一念转身的欢歌
哪怕只剩一盏云中的孤灯
滑翔中短暂的闪烁
也可找到属于自己的天空之城

孤泳者

一叶孤舟在漾涛中靠泊
等待未知的机缘
单身老汉，赶在潮汐苏醒前
抉择了与日光同尘的距离
凭那掘海者的呼吸
不断把自己的影子拉升
与谁较量，为谁惆怅？

他，使劲地比画着。像
占船下的将领，拍打着水兵的肩膀
他，使劲地歌唱。又像
岸上的大喇叭，鼓浪的琴音
澎湃的海，激昂的岸

你是孤泳者，或许
宿命的源起与安生
只靠他的搏击与呐喊。许它
漂泊的近港里独来独往

守灯人

今夜，所有的灯都不会孤独
像古码头里一条摇篷
等待一场来自天空的喧嚣
或许是笛声与凯歌的巧遇与共鸣吧
一遍再一遍地呼啸着。狂风和暴雨
总是制造这个不平凡的世界
而守灯的人，有独守世界的思想

我的港，总算没有白来
迟到的光，是来自空飘里的一支舞
夏日里雹花与白雪公主的传说
闪电的隐，就像悲喜相聚前一阵痛
一声长叹惊起半夜的长风
放下身段时的那种烟火与释放
是天堂降服于人间的绯然
没有喝彩，独有穿越
万物重生中点亮与熄灭的秘籍
一条浪漫和未知的抛物线

扫滩人

半弓的湾，足以把他拉弯
从拍岸的交汇处，蹒步在一簇花下
眼底的涛声与渐远的号子应答着
金色与橘光，被岸绿衬塑
雀跃与欢歌在风雅中梳耙
不知这晨还能涤起多少浪沙
情人和这片海之间
默默享用云淡后的舒坦

这峡通道的始发线
扫滩人不断清刷过的沟壑
静待着一种热烈的仪式
老人与狗，沉浸在桥头梳妆

开关一片海

进进出出与潮起潮落有关
涨向高原，退向低谷
而门，只需脚下这根平衡的槛
是港口，是生命的关口
一半是山，一半是水
但你，从不偏袒
保持中间这条缝的正直
像阿姆的心思从不挂碍
坐西朝东

多少次赶海，有开有合
开启，揽入的不仅仅是欢喜的芳菲
合闭，留下的是一丝忧愁的希望
哪怕是纸薄般的光芒
知心的一枚书签
标记着圣贤的顿留，精进
意味着
温暖与碰撞，对视或揉捻

一枚好签的解读，
开门，观海

关门，思海
不做你与世隔绝的暗流
愿待你正本清源的潮涌

撒网的阿郎

渔村的好年景，来了
许多会游泳的人
可以把身子和翅膀与鱼比高下
无论深浅，都想把浪花插上姑娘的头

金滩的网，是西下的光
是水手点将的另一个沙场
暖暖的脚步，与一次次的心跳
惊飞一朵晚霞
撞进广阔的旷野，激情荡漾

噢！无意间的一笑
我游弋在你为我布下的天罗地网
我是鱼，你是渔
同命同祖，同饮一池琼瑶

住持与海

赋予，独特的思维导图
风霜，水曲，可以是一片云彩
将幻觉与猜想的恋情
打碎，流放在星辰
这个夜空，这片海
心若所向，便能解构和主宰

殿与庙，均等的只剩圣洁
离不开灵魂的复苏
与物同类，与诗同源
复盘至今。虚构
从前与往后的剧情
斋说一个主子和一道沟的传奇

来了，恭荐一名法理的导师
扫捋这块杂草地，精进经藏
翻开命运的阅历
不俗凡夫，利他不止
他，修一滴君子的甘露
投下一片海中，为十方代言

喧嚣与戒定从来就是对仗
平仄，终将成就诗人的慈光
大千芸空，万仞峰回
磨难空瘦的云泥，愚暗的后生
足矣，以侍者的名义
遗忘怨念，供奉苍生
振开千里之光的庭香和旨报
修得
一代大悲尊长的风流

幸运岛

母亲用泪凝成的这串链珠
裱着神圣，也耀亮着黄土
就像孩子逗乐的心
从来就不会脱离母亲的襟摆
波涛中，命根的幸运儿

我的幸运，来自一张出师表
把父母之托雕刻在身骨
把触角伸向前端的臂膀
海角天涯也将融化成金汤
伸时展成鹰膀
屈时便蓄养精锐

瞭望成窗，算是我的眼福
疆域门前的远眺
成了我的习惯，我的使命
推开它，收获了这片风景
也攒了威严骨气
关起它，容我遵循自然清新
唤醒一方安详的晴空

水门的关口，天生自带的测仪
丈量海的宽度，情的厚度，潮的温度
哪怕过往的风云，亦知道真善美丑
何况，伪装背后的奸诈与虎威

我的本性，就是让更多船只
更多的人可以发现我的存在
哪怕是搜索到我微弱的标灯
这也是上帝赋予的希望
起航的始点，归航的港湾
永远的避风港

你的幸运，是最佳的归属
造就了我的幸福
有亿万条理由
成为这个纪元的明珠

兵庙里的恩情

女孩的命，比常人要硬
从小扛着沉沉的使命
地瓜地抱起的那一刻便竖立一面旗

泪光无法隐收起时代的烽火
这些身影与力量
足可抚慰大地的哭泣
潮平的海，或许顺应了欢歌与笑语
可怎能按捺住重生的路？

有一种使命叫重塑
悲痛后捧起这把灵魂的红土
泪渗成浆，血染成色
你把无名影子捏成冲锋的样子
无畏小手怎么变成老茧
枯树又成长成青松
哪怕只有一条根撑起的柴舍
也可告慰我出生的海神

我的命，血肉之躯
缔造了恩情的重维

风月与煞口的对视，活生生的
来不及问及你们的姓名
青春，却用廿七个心跳
丈量一个世纪最厚重的情义
今生，我要升一处高堂
日出东海
报答你一百零八个鱼水深情

红伞下的港

新娘的月假
伫立在红伞下的港
船笛一响
梅开几度，心花荡漾

伞下
可以张望，可以寻找
可以忧伤，可以欢笑
可，更多是远眺

这个月假，噢！
海潮荡荡
港湾摇摇
时光晃晃
直到夕阳西下
只有月亮才知道

金门高粱

我从来不认为它的烈焰存在
我从来不否认它的本命属性
它的诞辰，恰似我心中的一把火
忧郁时燃起一段念愁
宽心时胜过歌声与美酒

我从来就将它当成一件信物
我从未因为它的别名而摒弃
与它的相知相惜超越了宴席的意义
离散中，我可以漂洋过海地呐喊
相聚中，我可以登上高山去狂欢

干一杯，大高粱
予家　予爱　予亲情
归航节日会更猛烈和澎湃

哨旁的相思树

你已陪伴我度过无数个白天与黑夜
无数个春秋冬夏
我看过你的萌发与茁壮
你的伸展与这片慈爱的土地
你的果实是默默海浪迸溅的泪滴
心底开出的相思黄花

知我心，懂我怅
而我，一直在守望
深情的小岛，绿林的滩岸
还有，大陆新娘头上这根发簪
抚摸过我的钢枪
和日月的所思所想

吾之眼

父亲骨骼上伸展出的一根手指
风雨如磐，点石成金
母亲凑靠在摇篮边的一只乳房
温存记忆着孩子依恋的乳名

吾杆头，是父亲母亲的结晶体
一双眼睛
看透海上风云变幻
尔然，释放一道雷电
抚慰着一家人心中的浪平

海子的哭笑

他把白须补着蓝格的沙滩
膝边尽是打闹的孩子与渔翁
饿了就哭，乐了便笑
与呼啸的风
本能地跌倒再爬起来
流血与痛从来不会计较伤口

许多尘封日子因封闭才美好
故事因揭晓才成就过往
就像海底的深度
与无法斗量的泪水
此山，此水曾经的童年
与前世今生出自一体
有了光芒便有万物同源

伤，本无痛点
破皮流血将重生代谢
嗔恚凡念却众生难调
可怕的愈后悲悯
或已蜕变成
生命的初衷与真实

归来的离聚
就是苦楚与磨难的得悟
若可翻新重选，可好？
不学隐忍修道的行者
认命与天俱来的罗汉
长不大的孩童，用哭笑
安抚一处无声无名的岸礁

蛙与海的因果

争鸣了千万个春夏
没能共鸣出一个结局
这池没有指挥的发声
无法比拟一场盛大的交响

自由滋长了朗读者的懒散
心之乱，由不得你随心所欲
颠倒黑白，阳光没给你发言的权利
无规则自然不会有人替你站台
从海流放到池，就算有天籁的本能
也难以改变坐破孤独的等待

有时，扰醒别人等于浮躁自己
叫破天晓，不如修炼成隼
注定于井池不妨提长会飞的能力
渡不过大海也可换取一霎天宇

止语，心腹化为虚声
青蛙与王子，今夜
杜撰了老人与海的故事

须发与水烟

须发的嗅觉很长，很久
可以闻到对岸苦涩的呛味
一头象，把自己承载为当下

用弯曲的魅力来代替所有的劳作
使尽毕生的肺活量，重复生死
呼吸山海所有的精气，氧吧
或许可以永远精彩延续
只好一口，回味于母亲的乳渍

透过烟云，老去的目光
分不清是发是须
须臾之间，枯无萎
夜起的那只猫，或是拂动岁月的风
从黑梢吹到了白头
是白内障，还是业障
留声已深深地挂在夜空
几声酣畅唤起几秋的波影
那种表达，那种姿态
让青春燃放一点晚红
流浪成嗜好，把烟飘升起
一轮与月同生的光景

烙印

后半生，仅仅做一件事
将前半生欠下的债，揉成花
撒在沙滩。与炽热
与烙下的苦楚一起踩在脚下
给海子，和他
一同踏浪赏花的人

重复并掺和着。从头造访
恪守与沙场的游戏
为他亲近时描画的沙画
他却为他轻吟。抚平
夕阳里曾经留下的这道伤

离弃是因为自在逍遥
红帆归来源于岸边的引力
倘若，潮可以打湿芭蕾里的帐纱
同一滩涂上的濡沫
浪花与欢笑
何时，漾开此生爱的暖阳

海鸥的表白

我始终不敢向高处仰望
生怕听远了海涛晚来的弦声
我始终不敢回眸已掠过的最美沙丘
生怕错过夕霞映红的帆影
我始终不敢停歇在暗礁岩头
生怕赶不上远航的渔箫号角
我始终不敢大声倾诉衷肠
生怕我的呻吟
我的泪花会洒落谁家

这片海，温顺且刚强
即便我始终，也是我敬畏
风云就是磁场，潮涌便是序章
我愿修炼成揽收大海的雄鹰身价
飞爆所有可能的激情
召唤一种母语客调的表白
我的长空，我的神往

另一个角度

这一生从未谋面的两种人
男人与女人，无所谓
陌路遇见，同一水流的方向
贯透里外的一席话。心镜
吸引着丰腴与半裸的目光
艄公的塑像
不管本水的，还是外水的

涵养艺术往往从另一个经纬
特别处，是他们的交点
光天下造型的表白，或在
经常疲劳审美的态度
黑夜方可将诡秘变成奇妙
不用改变灯光的角度，便可
果断设定来回的气息与渠道

这么自在。好久
审视一阵风的目光
无法把时光挑得起起落落
欣赏这种姿态，这安然

或被风化和淹没，或老去
幸会，来了这潮涌
打湿这件无名的袈裟

低头与抬头

你的前世一直在教诲
低头和抬头的技巧
低头是为了寻一条好路
抬头应天是为了猎取那束光
收获在大海与原野的风光

我的长大，绕不过你的忐忑
在低头与抬头中徘徊
找到曾经青衿的样子
或许，饥荒里吮吸一点能量
让肌肤与二维码充满悲欢离合
惑间，分享一片无垠浩阳
海的光芒
雕刻了信仰者一生的符号

行者，必将中年的灵魂叠成经典
无论季节为谁轮回
果实都沉淀在金色落下的地方
那消散在夕阳的那颗彗星
或是，可以燃烧整个生肖梦瑶

山海可以相生相引
刻画一道成长的尺度，叩开
天海之门，人间正道

半个月亮

村头的月牙湾，老了
好像马尾松
弯着腰就像渔家老姆的身影
影子很短，骨子很硬
长不过这条熟悉的滩岸
硬不过背后这堵疮痍的墙
光景，撑起好几个世纪

根深蒂固是这座城堡最大的魅力
听海，是恒常与无常的阴晴
矗立曾经的可歌可泣，却
永远抹去了那般的沉静
烽台无法再点缀这片蓝天
嗔怨与悲悯的不对称
或许，只能文成经年里一道闪光

峡长的海，好似一把大刀
月亮曾经被情人骗走的汪洋
不经意就劈成东西
一半是我，一半是你
唯有抬起头，海无音
方可找到一轮心中的火盘

老鹰与喜鹊

这片领地，他和她遥望如初
不计出生，同类异别
不论英雄与美女，狂野与柔弱
他们的语境无人猜透
植树的人最懂得树上的声音
幸福的憩息又能同栖
哪怕剩下这双神往的翅膀
从海岸的那边，也要滑翔一起
管控一方情人谷的风云

这座山谷的风景
交集在天空与大地的契约
强劲的飞影，惊艳所有弱者的灵魂
隐去鹊桥和神仙的虚名
便是我附体着你，你依靠着我
无论天摇地动
情义都可以搏击长空。淡雅落地
同站立在这梢头
咱们是兄弟，也是情侣

钵衣人

霞光把帆叠起
他的箩筐，向所有的粮仓敞开
接纳着恩赐的光。所有的供果
填满又被倾倒在他的世界
他的往来。轻摆着桨
渐渐传来一曲水调歌头

他的襟怀，反复被填充着
有足够的蓄存空间
给他的言行是增补的忧喜
掠取的爱便是厚养的怜悯
像这海水，可以进化为泪滴
也可交换成灵魂的甘霖

披上这件布衣
是想多装一点大地的本真
影子里有你也有自己，或者
更多的滩头，更多的泊位
可以找回原来的支点和定律的归属

再穷，只认得这钵

从田野挑选的芒草
织成网，滤之欲
斟酌鱼龙清浊。你我可好
观光别人不如反照自己
当空念攒为取舍的起心
生命的能量
还需再填满，再倾倒
……

梦中的一场竞渡

就像时光机在摆动
让他与她之间选择不同的场域
纷繁与炊烟，也应该有一处分水岭
午蝉的舞，巡游在天龙和泉城
花儿也被山鸣水清惊醒

从梦乡里抽离出来的这丝憩蜜
不再是少女时尚的妆容
天光与荷塘正盘点着水影绿波
山与风尽情的过往
赶不走源头活水的欢乐王国

晨光与盛夏的高尔夫
绅士淑女找到了吟诗作赋的地方
掬起天空与阳光的恩赐
琴瑟与水月的依宁
一群人正策划着与蓝天白云的竞渡

路上一支歌舞

倘若没有车站
你便通达天涯海角
生命的真理
本应感恩走不完的旅行
车辙，流水，还有四季
或许，万物才知道自己的秉性
不随斗转星移
过往的曾经，是否
印记在用汗浸透过的无名青石

足迹，是路的颜值
旁边的风景，花丛的荆棘
或也有几分美丽
哪怕，刺破了又弥合的呼吸
氧吧与绿踪的声音
厝屋的飞燕，路口之光
或错过，或相遇，或指引
朦胧的身影就是密语
缔造了回头的风景

山坡的凉亭，汗颜

来不及擦干遐迩的花香
泪行的低吟，悲伤与怜悯
伴着渐远的风尘
也解开了依伴的柔情
寒夜里，有一种温情
叫心安与坚定

开启星座的运程
起起落落的那一束光阴
在心与宇宙间圆寂
今晨，这里闻鸡而起
裁缝每一件地平线上的新衣
只为朝出暮回的人
送去一支歌舞

面膜与沉香

这雅致且清醒的晨光
很难与今天这运气相提并论
实足的女性也不例外。她与它
背朝海又倚靠海，来听海的
潮涌和阳光早已收藏起岛屿的倒影
猛兽，也收拾成慈母的样子
两只小狗或找到每次逛滩的理由
逍遥无所顾忌，尘封却迭起劫难
妄在主人的头顶强贴上歪理的标签
一张水中的面膜
何以惊动这片星辰大海
能否吟湖光一缕清诗

诗人与这池水同胞
水静养护着诗性。诗
鉴透人性转折出越狱的蓝光
它们孤立，与惧色，与安详
互为依靠相恋相思
远处的夜曲牵起丝带
慰藉着白昼的匆忙

谁为千古的湖水赋词吟唱
岸柳　夏风　拱桥与渔舟
欲拼成漆匠下的图册和沉香
随流光缓入留声的巷口
谁又在为景象对饮与情话
万物在湖前已一丝不挂
我无处可逃
拾荒夏凉，备好行装
吟一缕清诗遨游在星海

诗情与牧歌

与你相遇，却把我变得意懒
夜空中划过的那颗流星
不再是爷爷嘴边的一段传奇
是情人节里的一枝玫瑰
是圣人念想里流浪的诗句
是行者禅经里淡淡的喃语
不必追寻。去听风和雨
一段榭台的琴音
天地和根的声音

春是大自然情窦的花
襟怀轮回，唯在自言其立
有暖、有寒霜，还有雨
默默地遇见，又静静地相视
怜悯的，不忍心拒绝的野性
爱你，像春天的熊
鹅绒般的温度与柔情

玉殿门前的一尊佛像
相思的人总牵在梦里
祈福的人化在心中

念珠的人漂流在烟云
而所有的，都在情人泪中
眼睛曾为你滴下雨
心总为你撑起伞。抖音
尽是远方的一片花海与阴晴

悸动在天边的一抹桃红
比画着自由
像水月与镜花的吻别
亲亲的，暖暖的，酸酸的
慢慢又学会了放手
聆听，一曲生外飞来的牧歌

可口的月亮

你的模样，制造了引力
让整个宇宙都捉摸不定
像深藏在宫殿的心
翘于云梦之颠
沉浮每一个人，无色无味
掩饰往来的晴霁与花朵

所有的夜，都是柔弱的工具
那般光，何不是万千的慈宥
食啖者的手语，用灵魂摆渡
分割着玉盘内外的风景
任凭每一次施舍，都为你
品鉴一场盛大的离歌与悲喜

老人与孩子的故事
是黄昏与黑夜跌宕的对词
土地是月光的迁徙
偷喝了爷爷藏在楼阁的老酒
虚苒过伏夏的金黄
将容颜沦为粉红的尘肤
谈笑间，抓紧了童谣的衣角

瞅见从天隙爬出来的月嫂

你的影子老长，老长
别让遥远隔断了我的念想
若是月光可以降缓星宇的心跳
皎白便成就几秋的骄阳
而我，悄悄搂起月满的花香
认定你此生的味道
若涩若甘，若亲若离
捋一捋你阴晴圆缺的愁思

重塑的意义

这是一刻不可停下的故事
这是生长的序幕
也是走向失踪的隐居
犹如万物与肉身的殊途
拼起某种价值意义的魔方

这是灵魂与时空的争夺
这是你和我命运注定的依附
一场不规定律中存在的逻辑推理
核验并叩问着彼此的忍耐
河流区划土地，飞鸟惊落雾草
思想觉醒着可能的可能

这是一个值得探究的故事
就像比萨斜塔的姿态
罗布泊之海，丝路上的楼兰
地壳重新运动，海平面重新升起
海峡潮平。一切都可以复原和重来

岸上的花头巾

谁是浪花里采蜜的人
奔跑在四季的沧海
呼吸，隐忍着风的飘移
像一朵丹霞
投射在月亮经过的田地

岩上的花，被叠成头巾
装饰着你的烂漫，与忧郁
脚印里的妙音，从头念叨着
也从海水的另一头溢过来
风吹来的样子，恋人的心
巾帼里羞涩的含笑

你的脸与阳光之间
仅有一层纱的距离。薄的雾
是母亲与儿女的分水岭
磕磕碰碰又出尔反尔。尔间
默默掷下一句诺言
谁敢撩开我泪湿的綦巾
我便许他一生的嫁纱
厮守在月光的岸头

大球与小球

尽管抛出方式不可复制
尽管对视的时机需要考究
呈现它，还觉得无比地温暖
抛开传统示爱的方程式，便可
张扬棋局外的魔性与引力

每次的潮起潮落，如是
镜水琴拨的粼光
许多时候
看似平静，又是激荡
许多时候
看似简单，又是不凡
还有的时候
看似无关，却又相关

大与小，此球彼此球
并不例外
迹象亦代表个性与法则
春涌和彼岸的印象

你的痛是我孤独的理由

这夏，无处可逃
就像这雨，又一次跌落不知从何搀扶
痛，转移了多少个夜空
把我从一个星球漂流到了另一个星球
在满天飞舞的目光中
猎取你每一块残梗的身肌
拼接成一副寿者的慈容
慰藉我浮动的孤独

每次痛，穿透所有的呼吸
抑住孩时的泣涕，却赋予孩儿鲜活的勇气
就是难产时的生死关口
你依然把最后的气血唤醒为花开的体征

你把痛推拿成莫大的乐趣
哪怕伤筋动骨。饥寒的瘦冬
枯叶裹装了基因的样子
根植重生的飒爽
撑起与交迫有关的真善之颠

你已把自己煎成时光的药丹

调节万物与心跳的距离
让伤口淡去一切过往，极速与柔情
本持青春的博彩，或崇仰
托起每一滴晚霞间坠落的泪珠
安放在日出的山顶

每一次跌倒。莫怪
年龄有别，岁月无恙
生命注定将成就一次次痛苦的轮转
一场历经磨难之后的盛大恩典
而我，不再孝远莫及
潜藏在恍惚的拐角，也要
撮拾与飘零有关的一片桑叶

安然，我燃放一炬火影

原本我可选择做一名渔夫
在浅浅的海峡中自由往来
在夕阳的笙歌里哼着小曲

原本我可以选择做一阵风
在平静的海面拂开层层心动
在金滩脚印里挽留恋人的初吻

这一切，如此美好啊
安然，我的抉择不愿憧憬胜似憧憬
我的芳华在困苦中涅槃
我的青春在烈火中重生

我是大地的儿子
当母亲的泪挥洒在这片海的时候
当母亲呼唤我站立在这片焦土的时刻
我不妨选择不偏不倚的战位
用心中的影子
论证一道正义的命题
点燃自己，照亮大地

毓秀楼的痛

海风已熟悉了她的身影
黄沙已习惯淹没她回家走过的路
她心中依恋的这个湾
岸上和浪花，都哼着澎湃的歌

岁月已不能叫出她原来的名字
她，不是滕王阁，不是岳阳楼
她只是海峡的一棵树
风来了，她的耳旁总呼啸着刺骨的痛
涛拍时，她总绽开着柔恬的笑脸

本来，她是一尊大家闺秀的容颜
归来的海鸥已安扎栖息
暴风骤雨却给她换上一副骷髅的新衣
这是水与火的造次吗？
每当，我目不转睛
你却被目光浸蚀着。孤零成雪

总有一天，我听惯了你的歌
楼堂弥漫着雅士的弦风鼓乐
楼外轻盈着独角和青衣

那一刻，所有的枪林弹雨都是和声
所有黄沙纷飞都是时光一舞

所有的痛，都是我们仰望的理由
犹如，她的存活
就是我们活着的痛定与筋骨

一段月色的闲情与遐想

望月的人多了，云的心事便成了猜想
东南西北，数不清风云的过往
就像当下月下的我，独处的地方
只需一朵云与我闲聊
一只小白，蜕变了另一个世界

今夜，还收割曾经的琴瑟吗？
秋风吹过的山冈
我儿时的底色，麦浪金涛
地头的欢笑，妈妈的拥抱
烟火间，秋黄已是一生的惆怅

此刻，能摸到月下的那一束光吗？
熟悉的身影在月里月外和月圆月缺中奔忙
是进化论的金句，也是方圆榭的浪漫
达不到的天涯，吃不透的幻境
唯此时，可以邀约
可以欣然凝望，也可以心的归航
哪怕错过后的晚秋
仍然等待一朵天晓的余晖

此刻，绕不开前思后想
天地玄黄，人间伦常
何时何处，总有一段温柔的月光
疗补着年年岁岁的忧伤
那是，十五的十六，故事里的故事
一桩桩关于月色的童谣与惊慌

第二章

家之亲

遗落在童年的东西
飞不出家的院子
待到星空明月
总会在梦里重逢

马祖的心愿

爬上石阶的老人，独坐景台
抵达云峦的近处，吮满大山的度量
兑换一个最大的心愿
不说不述

岸，是阶梯的磁场
可以让人回头，可以使人依靠
肌体在这里刻上记号
捧着心跳与岸门比画。真音无样
天南海北，不禅二门
翻晒的思欲，开不了这张口

起身，躬身。圣贤作别
寻找一处与世相隔的地方
揉开眼，金花顿悟
叩进母亲洗衣房。一地经藏
莲盘上的桃果，钵的反刍
将饥饿与磨难折垒成摩顶的梯
背靠大海，笑开朝阳

孩子，祈祷吧

海上风浪无常。这里
水仙、茉莉、刺桐就是你的心港

把心愿祈成花
做一回风月的工匠
像老人用搓揉过眼的手
抚摸腿上的老疤。像娘娘
挤一口奶水给跌倒孩子的疗伤

月亮和太阳

酒醉的天边，晕厥
分不清白天与黑夜
老人与孩子相遇
从不计较时空的存在
哭啼是因为苦难
喧嚣这片曾经的晴空与土地
当初的笑谈，或可
圈回原来的矮屋与草场
聚一场族落的笙舞

物语造化了天的意象
那是甘露与风暴较量下的奔跑
寿者打开封存的魔法箱
发现幼时的真容，沉静如初
如潮流退后的滩涂
磨平风化的皱纹
保鲜你，贝壳与姑娘牵手的时光

这一宿，又见海边的风景
目光是描图天海的颜色
撩开轻盈透亮的外衣

认清雪晴午后的源流
炽烈消散后的转身
恰似成熟的谷穗遇见土地
随时萌发
花开花落的悲喜

这个大千，无须理由
月亮会制造两端
是为了满足在同一个夜间
我望着你，你瞅着我
太阳可以演变晨暮
是因为赶路的人需要一个灵魂
寻回曾经膜拜的圣地
安放在高于头顶的头顶

今夜，月亮和太阳同挂在天上
日月恩准，大放光明的云彩
沐浴着孩子与老人

水月元宵

花已刺痛了所有人的梦
浓烈的吻，敲醒冷冻的晨钟
经年春乍的路口
捺不住孩子的心跳
笑靥与星辰烂漫冲动
是纸鸢在嫁妆里放飞的虹
流光在东街西宫，此刻
胭脂与烟绸又飘散何方？

仙女不经意抖落的那支银钗
像惆怅半夏的琴声
烟花易冷后的一阵风
来不及梳妆皱里与额上的岁纹
鹰鹃却披上皎白的外衣
狂欢在远方，忧伤在眉梢

水月戏台的新娘
裙摆再也猜不透今宵
明珠悬下，流浪逍遥
看破红尘里的过客
心，却算计得格外明亮

惜别时的一行泪，一落千丈
溅飞，天上人间的冷暖
今生来世的绝唱

当灯声隐去，便是她的风流
一支烟的逃亡，一盏茶的心安
浅浅的笑，淡淡的歌

小渔村的放哨人

从村口到厝屋的往来
行走离渔港最近的地方
低喃，微笑，引导着
夜暗归巢，天亮赶海
奔波的囝郎心里最知道
月圆了，阿洪上哨了

记不清什么村规约法
新郎新娘无言地缔约着
海边渔村的情人节
记不清多少回
年轻人也成了安保对象
村里保安队长已沦为潜伏对象
口头嚷嚷，心中坦坦

噢！捎着咸咸的风
汗夹着泪花，心也甘
暖了新房，圆了月下欢笑
放哨人，盏酒几巡乐逍遥

潮起潮落，流光不返
阿妈的笑
依然幸福回荡

今生换你一支香华

目光张扬了斋案的气场
颤抖的手供捧着香华。他用
掌控着这场雨的欲望
怜悯过太多疯狂
摇摆出一段迷离的向导

曾经浆洗的使命
是从深重里挖出的宝藏
从堕思里蒸出的泪
用柔弱疗养着采撷的伤口
亦非慰藉，足矣
在徘徊处寻回一串踱步阴凉
苦与乐可以转换打赏

诙谐是香的药引
萦烧的身段显摆出最大的悲情
你恍惚在这一站的旷野
放柔了泪光里的视界
怡然，拙愿一见
你把我的苦难笑看成花
我便以今生的苦泪赎回你下半生迷惘

剪花的月娘

你说，要在失明老去前
把记忆剪开，收藏在厝燕屋缘
哪怕只剩下眼花，昏迷与彷徨
也得照着原来的模样
用心跳，捡起一段青春

试一试身手，只等人静
被指尖撩开的夜
顺着日月投下的影子翻开家书
挑选每一个煽情的字符
剪断行句间的对白
裱褙春秋，花开花谢

这个节，贴上窗前
厮守半掩半开的视觉告别
施展在舞台的勿忘我
认得归来的气息，家的标向
似同蝶儿，找到儿时熟悉的花香
旋转在母亲的身旁

此旬只修一纸的暖

这根白丝，够押一个严词吗
今生没有逍遥的魂
从夹缝中盗出来的汗与泪
滋养着泞淖里蛙跳的欢慰
慢慢消去，或在疲迷的盛夏
当秋波投射的野草
变成更加自然与滑稽
唯独打赏的肌体，被搁在空旷
尽是风中那根撑起的筋骨

索性走得缓，迟的人急
不妨试着过往，风生谈笑
等待的人，都厮守着这份惦念
一杯夜半三更的茶。憩着热
再坐会吧，哪怕片刻
讪嘘一位末路风中的客官

总是叨着，霁里的那支金光
真善的辞典，圣君的怀
伽蓝播拂过的喃呢
翻译着这旬龄。语重心长

打开灵魂的道口
那滴血的功效，即将进化成酵母
点燃三炷香的扉颜
炼就长生的仙丹。这时报
无法释怀的凝重与厚度
秋的收割者，裸飞着
山峰的晨辉

等你

你是一朵风中的云
捻开了天边的晴宇
彩虹掩过春天的笑脸
含蓄的目光闪着丝丝牵依
心跳，摸到了少男少女的倩影

你是一处溪涓的柔情
挺拔与高大都是你的倒影
倾诉了久违的宽宏与坚定
却依然没有肩膀的温馨

高速路上的车轮
陶醉了我路遥的思绪
激情与速度
是遥遥不及的毕业季
敛起的归心
淹没了路边的美丽
远方的你
属于擦肩而过的唯一
追捧一缕风，蓦然回眸
尽是你灿烂的笑语

等一生孤影

海潮淹没了婉约的身段与美貌
而始终没能摧毁铁石心肠
一曲伫立在山头的泣歌与绝唱

不知那年的码头，风知道
带走这代人的亲昵与叮嘱
盘起长发是不想吹乱别时的衷愫
拂落远行的泪珠，撑舵着
油纸伞下的那条衣绢啊
不仅为风雨，是诺言，是序幕
上演一出赶海与归航的剧场

姑嫂的同台共舞
一场超越的远望与等待
不讲理由的女人
不停地倾写世纪的脚本
疲劳的螺号，撼动过慈悲的天地
曾经策划的地动山摇
未能感化十方诸佛
移动大殿的灯塔
多少只放飞的孔明灯

才能换取你回眸的一笑

吹动了岁月的苍老

一生一世等回无眠的孤影

转角处等你

繁星点点，灯光闪烁
青春的背影在梦想中执着
就像牛郎织女爱的契约
撩开细柔半透的窗帘
是谁心无旁骛
绘成天桥的油纸笔墨

等你，潜心潜行
呼唤造物者的垂听
装点了雨后的秋景
让爱的所爱，永不停息

今来古往，聚散离合
在一起的岁月
有缘人的馈赠
若如生命的乐章
在静寂的夜空独奏
触及灵魂最深
载入记忆史册
点点滴滴
构筑成伟岸的风景

无论芳华依旧
无关繁花洒落
等你，转角遇见
满墙缠绵的爬藤
心之所向，峰顶之作
等来春夏秋冬
等过华丽转身
等你，不期而遇

酒窝

江岸边你是浪涌里的激情
霓虹中你是逗人的风景
人潮里你把温柔悄悄藏匿
狂欢中你却把同窗的心倾迷

灯红酒绿，不算是你的代名
笑脸因回眸缔造了一次次偶遇
歌场酒吧，不懂你的血性
奔跑吧兄弟
心跳与极速为你敞开心扉

当歌声沉静
酒窝，亦是旋涡
有你，千丝万缕

缝补清明

清明，是爷爷身上长满补丁的大褂
影子里刻着蒙世不见的名字
那时，西岸祠碑前还惦着一腔青衣
一缕青烟，打开了寿者的半生老话
清明，是东岸路旁儿女的野花
忧伤时狂奔，欢喜时狂欢。风说
总有一季会芳菲故里
清明，是从前院子里的纸鸢
折了又折，叠了又叠，抹不去的巷瓦
曦光伴舞，西风古道。一道祖训
穿越了云泥的风浪

而今，清明是秘籍里的传奇
后生尘封了口是心非的游戏
赦免漂洋过海的通行证
而此后，清明属于大千的箫客
涓涓缠绵，一音千年
从表走到里，从东回到西
就像仙翁的针线活
清如太阳，明似月亮

点点滴滴，忽远忽近

每一天都在反反复复

根扎在黄土坡，跃跳在长河谷

宽我忧伤

光从梢缝里泻下来
他的皱沟就像秋波一样暖
起伏的水面，闪着星光
噢，此派景霁
与心一般的怡情

这都是凝思后的曾经
远眺已睁不开浓厚的睫霜
泪与海同味，承载着远近
而，船舫与乡愁、命运同等吗
岸灯下，望海的人
海与帆的离聚还在渐渐拉大

多的时候，海的目光
未必就能望达彼岸与归航
超于生命的聚焦
根发自灵魂深处。残弈
只会使人削弱能量
苦难与负荷仅是岁月的真相
需要品尝与消磨
更要果实回香的松弛度
与转换阳光的敏锐感

花神晚唱

只为一个念想
鲜花便盛开星辰的时光
只为一身素妆
淡雅点燃三生的梵香
只为一笑回眸
淡裙倾映路上的风景
装点人间繁华街坊

曾经，无猜的初心
半天边的芳华
宽容与孕育沉甸甸的代名
俭养的诗书礼仪
恋惦无数的美丽
田园里，无声的知行
恰似塑起生命的匠心
一心向善
一尊仁慈

为何因，为何果
风是物语的怜恤
琴声也啄过春泥

瓜棚李下的喜怒哀乐
耕织了万家灯火的温馨
生生不息的一腔柔肠
婉曼如画，一曲绝唱
念成天边的云彩
淡淡盈盈

汤遇如诗

初心的归途
一行古今的诗句
瑶池与金花的约定
春光溢满桑头，村口
青石板上的遇见
茶与一抹桃红
笑眸无猜，无辜
恰似上帝悄悄地点化
陌路的砒霜

你约我，如来
暖阳绽放一季花开
蝴蝶还没与你翩翩起舞
大地来不及撩开春风
而你，斗胆选择了修行
不畏浮云，无关百花争艳
因缘，惊飞一处风景
逗留无声的牵手

生命之美，源于水
不在于雷霆后的雨霁

巧因，仁心至善
你为我亲吻一次呼吸
我便为你送上三春的温馨
涓涓汤流，一把金匙
开启爱的旅行
一席琼浆千杯少
醉散人间八方愁

如你，等你

月亮湖边的流香
就像天上人间爱的约定
仗着清规款款袭人
是谁，为她撩开你的粉妆
粼粼裙纱，盈盈秋水
是谁，把天庭磨成水墨凡间
惊艳一池丹青
呼醒物语的星辰

心花，已撕裂黑洞
怦然总在拾掇点线的雨后
将大自然呼吸攥紧
玲珑的诱惑，足以
把潜心的人，从寡语中痛醒
摹一张图腾，卧薪尝胆
把柔情缠绵成气节
裁一段宋韵唐风，爬行
站成伟岸的风景

捧一把黄土，牵手一群肌体
没有花开的艳丽，如你

半夏微凉的惦记
心之所向，禅之峰顶
过往的前世今生
无论芳华绝代
无关繁花落尽
等你，只为独处
黛貌如初，生生不息

母子书

是谁缔造了天地万物
是谁缔造了人间风情万种
是谁缔造了生命的萌发与生生不息
是谁又缔造了慈祥与灵魂的归宿

多少次叩问，只因与真爱的命题
生命不再是曾经剪开脐带的悲欢与离合
情感不再是过往寒冬与春暖的依守
也不再是跌下时的搀扶与自信
我试想，可否用更多的时光与你对白
观止田间风景，阅尽人间烟火
或许，有夜月下的摇篮曲
有听不完的圣贤经典，诗书绵长

你我关联，并非一针一线的前世今生
无关时光流转，无关花好月圆
生死依附与情义的厮守，只需
一盏茶的疗效，足以惊天动地
当阳光与鲜花铺满前行的小路
当汗水踱满房前院后的家常案头
你用岁月备藏的出塞老酒

默默护送着成长的快乐，快乐的幸福
待到光阴荏苒，本色如新
待到爱涓成海，静静地沉淀下念想与孤独
这份牵挂，并非金丝银线
也绣不出你曾经的模样
诉说不完曾经月弯下的热血柔肠

母子书，它把乡愁
吟诵得更加朦胧
孩儿在词中唱，母亲在曲中和
隐隐的痛，却生怕大声泄露
依恋依昔，万代流音
起承转合，仿佛在重复一首欢悲与独舞
不再创设故事和人物的虚构时空
真正用感知与灵魂的碰撞
滋养生命中每一个星座
每一次感动

母亲的围裙

从姥姥的货担里走来
记不清以什么方式出发
记不得何时又系上了客家妹子的腰间
故事里，山边有个阿里的寨子
母亲最向往的地方
这条围裙，自然成为最值钱的家当

一块粗布蓝料
几条紫红线穿梭成的边花
两条白色银链
四个圆形的银扣
这是我的黄金搭档，嫁妆的原貌

上山割草，下地插秧
上梁收藏，下厨炖汤
母亲，样样都离不开它
尘来水挡，身依手擦
好似，红肚兜
守护着孩儿的成长
朴素无华却阳光璀璨

真到有一天
天不作美，地干物燥
单飨无济，穷困潦倒
母亲含着泪
解开腰间的银圆扣
挥着闪闪白光的银链条
应停路过的小货郎
三块钱，当成了全家一天的口粮

那一刻，母亲的眼神闪着泪光
从此，裙带换成了布条
那一道银光，去了很远很远的地方
或许流浪在天涯海角
或许，又回到它出生的家乡

母亲的药

雨季又要来了
母亲的腰和腿是最先知道
像一张测试纸
总想从满满的抽屉中找到症结
找一支最能安抚这个季节
潮湿的温度计

找药的过程总是在痛中发觉
痛了找药，吃了止痛
天底下哪有这种好药?
天山上的雪莲，天上的仙桃
疗理人间的仙丹妙药

赤脚医生一趟又一趟
说母亲的痛无可救治
我说你不懂，她的痛不是痛
八十多个春秋的风雨
无数的痛早已变成疤的古董
谁知道，这痛是因为不通而诱发的?
经络不通，筋骨就会发痛
气不通，当然就会心痛

母亲的药，只要简单的理由
或许，只需帮忙试试泡脚的水温

母亲的病，成为一种常态
掉进了“药坛子”
药很苦，胶带的血是酸的
痛，只是她手足的一种反应
药，才是她白发上的一次借口

没药了，大声喊出来
或来个电话，捎上一声问候
儿孙，从很远的地方寄回一服良药
……

一尘一劫是我的再生父母

我的身世，困惑了许久
总算懂得。涵括再生的父母
在缥缈的尘埃空间中存活
只需深吮一回轻逸的真源
把心性融为一切无知的声音
或物，或无，或见，或不见
哪怕不经意的视角
塑画一尊形象，或有缘
无量无边的一句碑碣
便能找到无思无挂的样子
孩童时的性别

我记不得再生父母的长相
因为它们来得太快，走得也太快
来不及呼喊，辈尊它们
却又变成另一个模样
化成不同形状，或稻麻竹苇
是人，是风，是山，是林
都是上帝捏造的微尘吗
我的花眼与它们匆忙接洽着，充数着
恳亲的磁场

又把我重新引入泱泱大千

一尘一劫都是我的再生父母
微妙化成千万亿身
只度一轮千万亿个刚强
尔愿，只会静静授顶
总有一天
我也将成为别人的再生父母

一座喊得出乳名的老屋

将翘角与雕楼的梦嵌在朗朗乾坤
接壤灵魂的是出土的涂鸦
幸运之大幸，我们有机会把曾经与忆起
修剪成稻草人、桑梓树、收割机
转眼那些熟悉的背影已成了老屋的主人

你是望红台信仰的号角
把通向古今的驿站曳亮
眼光与泪水的交互
正是年少与青春的激情碰撞
迷茫与坚定，正义与邪恶
从童心铸志，到初心使命
这束光，这炬火，这星星之火
由里而外，由知向行，一字一页
金色的芳华燃亮一盏灯的浪漫
不仅仅是一座山、一座城新兴的力量
这是山与海的誓词
这是千秋万代的基因血脉

你是荒岛求生的一叶方舟
繁华尽头的一所独处

借奔腾不息的坚韧勇气
雕凿出千山万水的重生的时光
那一刻，一个灵魂摆渡另个灵魂
那一刻，我听见了大漠和亲的驼铃
触摸到了昭君的胸怀和出塞的心跳
那一刻，我穿梭于宇宙的元点与人类的起源
在五千年长河中寻思文明的根本
在诗词歌赋中品尝生命如来的快乐
那一刻，万物如沐春风
生命本能被觉醒
那一刻，我搭乘上黑白的隧洞纠缠着前世与今生
那一刻，我携老带幼让童年找回童年
那一刻，我正用一束光的投射力量
撬动星辰大海里的泱泱波澜

一生掰成两生度

恐慌年代的一场劫难
封闭了无间道的玄关
祖，随宇穹在飘移
春乍的渡口，怕又被错过
那份伤，或是花开花落的吟诵
或是谢萌少女的颔联
或许，就在授记于灾后的丰溢
转身，一道作揖
问停过往的客船
却走不出岁月的留白

与时间竞走，总在追逐
烟柳依依，远景炽炽
缘应，总给十方留下后手
锋戈渐隐，妙法不孤
容前世今生化度成忉利天宫
裁剪此季段段的经纶与护念
诺下一池西行的宝莲
将一生攒下的财富
掰成两段香华
皈依于本愿，耕种在瓜李
冉冉重生，慢慢老去

一声钟情

昂起首，为了站稳潮头
像鹰，俯瞰迎接每一次日出
红冠粉装着彩虹
在暴风雨欲来之际
以独奏揭开盛大的剧场
一支羽舞，唱断天地群芳

从黑暗深处精准发音
希冀之光即将开启
恰似危难时刻诏告黎民
唤醒百姓苍穹。论枭雄
愿做守护日月的使者
历尽风起云涌

这一切，神奇物种
降伏在呼啸的星宇
惊泣刚强的鬼神，足矣
作别宁静化万物复苏
一呼一吸之念
穿透了生生不息

今夜，智齿无双
依你的放纵而黑白流转
当夕尘落定成晨光与甘露
朦胧交织为悲喜
更者，便以古今的衷肠
把浪漫叹成一声钟情

这把黄土是爷爷的胸膛

父亲的家书里
从不敢提及爷爷
或就从没打算让我见上一面
就像爷爷没让父亲见上他爷爷一样
没见过长褂的穿扮
没见过消瘦的脸颊
没见过饥寒交迫
旧社会长得啥模样

对爷爷的素描
抽象的，只有一把矮椅
一把水烟斗上的闲情
还有，时常无奈的长叹
靠天吃饭，同地悲喜
盼着　盼着
田头地头发了芽，又荒了
等着　等着
这一顿，挨不着下一顿
也就剩下父亲这一口啦
爷爷便把自己变成了黄土

爷爷的命与大地有关
不需要多少理由，因为简单
一落地就从没离开过
留下这一胎记
便有了血肉的牵绊，和钟情
就像青稞，萌芽在春天
枯萎后又埋在冬季
四季的转换，就为一口
走南闯北积攒成方寸天地
他算计着，到现在
也没有为自己写一块碑文

回家的路，从长夜到破晓
父亲曾领大家走过路
通向山顶的这一块黄土地
把荒原铺满了金光
如今，繁花背后
尽是爷爷慈悯的笑脸
亮堂的胸怀。从此
生长成万斗粮仓

你的肌肤是我安睡的呼吸

播下不经意爱的种子
只为了自己早日重生
我找不着更多的滋养来生的方式
去寻一处可以倾城时光的界面
捡起磨淬的精神镜片
迎接每次光波里新的灵性与萌发

哦，你的到来是夜晚送来的星光
哪怕是昼伏，我也知道你一直发光
哦，你的成长是我生活里的果糖
就算是酸涩的，我也能品出往后的深沉与绵长
哦，还有你与光的邀约，嬉闹的对决
哪怕时光的误差
我也凭着骨气摆练出青春的样子

我呼着你从原野散出来的气息
你抚摸我不敢褪去的肌肤
每刻，我都听到生命奇妙的物语
看见繁华中的繁星，繁星中最亮帅的这颗
而你，安静地找到梦的轻声
变幻成鹰隼，追着梦的光芒
翱翔在蓝天白云

骑在肩上唱支歌

如果，时分可以倒摆
我将摘朵云披在爸爸的肩头
如果，春光可以补漏
我会采滴蜜依偎在妈妈絮叨的唇纹里
岁月无痕，悄然抓破了我曾经的肌肤
我无力地推开远去的窗
窗外，已没有儿时的乳名
没有双肩上的景致与笑语

今天，渴望已久的远眺
因为你，成了我的代名
因为我，成你生命的快递
不论天空的云彩与大地间何以潇雅
我，还是想找回一张始发的邮票
重新签收快乐与好运
哪怕是聊斋与西游的遇见
不弃的豪情与感言，只为
一首歌，骑上出征的骏马

予你

予你，一种特别的声音
嘹亮你我之间
把春揉成花粉踏入燕泥
以耕者的名义
一半把夜半托付给日晞
一半将蓄积萌达成灵秀
时分，大千与微尘相理同归

予你，以万物不同的姿态
无须华美的颜色，无关纷扰的表象
你我仅借一处光的原点
不倚不移
支撑起巍岑的博厚与安宁

予你，是天地的恩赐
回转的季景能安放你恰少的戎装
告诉你，生命抱元和人间中和的意义
在在进退，处处冷暖
你我合分，亦是繁花落尽四月温情
脉脉方境，翘盼来苏

父亲的棉花

庭前的木棉花
开了，又谢了
絮，夹着雪花
满天飘散，像天空的云
朵朵，是父亲的银须
逍遥自在，又无声无息

远方的父亲，曾经
挑着箩筐匆匆赶圩
从春天赶到冬天
又从风雨担到天晴
唯独一个小小的心愿
入冬了，弹一床棉花
为孩子添一件衣裳
造一个温暖的家

过往的父亲
日子简单而冗长
不知多少回货担
才能换来一斤棉花
踏过的田埂编织成

一件木棉袈裟
老者的语重心长

今天，又是你的节假
絮飞是父亲的身影
腰已弯，笑无牙
双手老茧，满头白发
随风，从山岗走来
扁担两头
还装着一包棉花糖
几度情缘，几分念挂

欠你一个交代

我有罪，来自你的苦难
太多的阴霾，悲悯
让脑海全装上惶惑和深重
执意的手茧也在颤抖，长满疮
忏悔成一只发声的羔羊

踏进这方土地到生长这个时代
我便挑战挑拣着他们
就像拾贝壳的小姑娘
吹响螺又回放在妈妈的背篓
仿佛橹动潮起潮落
惊喜与徘徊
无法保鲜时间里泪光的温度

做一名苦难的侍者吧
扪足，不敢揶揄曾经的痛
哪怕只有微小的能量
或许这个时代早已有了交代
撩开潮雾即为超拔
爱你苍白的面孔与凝固的酸楚
作别苦难便是你的幸福

零度的效应

我保证决不虚妄
这是半生来找到最吻合的心地
这节气，这负离子，这柔软
可以翻越几座大山，蹚过大江大河
此刻，素妆下的南国
一泓水，净化着每一处往事与愁城
抽醒倦怠的身肌

遇见你，我想倒掉所有的欲望
让本来安生的晨光与夜空
享上冬雪后的狂澜，从头开始
折叠激情与速度
邀柬一场刺骨与热烈的宴席

哪怕刺痛我的前生今世
鞭挞我世俗的颓废与荒凉
纵然登上零点
掀开尽头另一处境域
掀起，波澜壮阔的你

总有一句梵音装下你的星辰

说不准生命的缝隙安在何方
或遁形在黑洞的金刚
就像翻越的书页，签符无处不在
就像遇见的人，行过的路
我尝试着，每一次掠过
与阳光与大地的影子憩息着静好
在疲倦和伤痛中寻觅曾经失忆的忏语

每一位渡口等你的人
都是劫难的见证者
或许，它早已超越了空鋆
哼着梵音去挽留路遥的凡夫
而我，一直努力着去聆听
被噪声干扰的熟悉琴晚
一次次翻开，破译
星辰里属于你的密码

落座在浩繁的角落
微可至微，小到很小
一扉门的薄弱
足够点燃燎原的火把
万古天堂

裂缝的修补工

在每次危难中重生
只为了下一回危难的重现
我为自己定个规制
无论开始还是结束
尝试着寻找一剂苦衷的药方
让每次伤感迎合尽善尽美的姿态

风雨是缝隙的缔造者
树林是山川的填充物
月光是夜空的天地书
亦是缝合思愁的黏贴剂
好比血液与心跳的依赖
总在时分中轮转
获取自由与幸运的快感

磨难与价值的静处
更多人体验前者
因裂痕而收纳一束阳光雨露
也许，这不经意的填补
正是期待已久的幸福开始

我的灵魂一直在乞讨

与所有的物种同居，太微妙
单薄得让我只剩一把尘
存在是与生俱来的，这欲望
从我直立时萌发
游说成金蝉口里的咏词，一口
不太狼狈的钵碗

我饥渴的方式
如忏悔中的小草
从无数的步幅中斗量出来
莫名的味觉，从不介意色香
无味，无色，无声
或有一股即得解脱
从枯萎后的季节中汲聚精气
不断填充，不停消化
进化所需无为的能量

我的灵魂，直觉得空空的
犹一只失神的小鸟
觅尽可及的天空
还一直追赶着鹰的豪放

就算撞进森林
试图把一叶的温度连成山脉的维度
力不从心，非论耻荣
我还算画着周游列土，不卑不亢
把灵魂插在天光地田的风口
一直乞讨
寻找一部仙人遗失的秘籍

如初

风儿是昔日的情人
衔来咸咸的味道。红豆
总是隐藏盛开的美妙
遇见或在一场朦胧的雨后
把心挂在宇穹，淡淡地捻揉
按捺不住心动，瞧
田间金穗已经熟透
一颗稻香浸泡几处的思愁

酒窝是一回少女风中的等候
霓虹还停顿在经年的路口
往事却缓缓流进心跳的白头
月光就是惩罚的冲动
演绎牵手后的愁离与悲伤

来一坛老酒吧，把童年醉成老翁
痴情在嘘暖每一夜晚秋
一口乡音正浓浓写在当初的笑眸

针草与星空（组诗）

补丁

席上的被子撕开了口
孩儿的脚是长长的针线
用笑声穿梭着
缝合着父亲脚板上的裂痕
疗愈着母亲分娩留下的伤痛

方格

竹席是夏风可以停歇的地方
像笔尖有意触落在纸格
静怡、舒适、流畅、工整
方即国，格即人
方方正正，写着忠诚和情义

换牙

星星从腔梗中冒出来

白衣小天使顶破了幼床
父亲请来神圣的人梯
辅助它的萌发与茁壮
就像踩高跷
踏实一排排巨人的肩膀
用血汗换成锋利和微笑的肌体

星空

天网很低，差点罩到头
一闪眨，便送来一波诗光
当空下
这秋意，这慈宁，这轻抚
这风，这色，这缘
揽下
今晚孩子的满足和困顿
一条初发时的河港

租期

地铺上的草席
犹同老去的电视机
穿不进的小鞋
和无法修复的岁月碎片

租期到了，都是使用权的终结，
读过的书和走过的路
也是生命的契约
时间过了，便再也追不回

解围

一个孩童围着螺转
几个老少也凑合过来
孤单因子瞬间被加减
众多时候，十面埋伏只等一曲琴晚
而在天真的小时代
一阵春雨便可改变一个人的岁月
让寂寞更加孤独与幽灵

松

不言旦夕蹉跎
无论风霜过往
肤皱雕刻成一双双慧眼
揽收星云流转
修善于雨霁晚晴
耕畲于心岸福田
一道伯公与时间的对白

丹青里的愿力与慈航

伞

暑阳的热，很有情
投下一处的阴凉
我的伞下，是他追逐阳光的路
捕捉着我的身影
只为长大后为我挡风阻雨

天亮

一张席子，被童年睡过无数
在嬉戏中涤过
这半晚，它醒了也叫醒了我
哎！任你碾压的身躯和时光一同逝去
叫亮了天，怦然欣喜
一片新大陆

玩具

登上通向港珠澳大桥的车
整齐排列着，驯服即将始发的天性

就像千军万马奔赴星空与山海
驾驭奇妙，忽视险峻，挑战无畏
牵只小手伏笔在一座城的荣耀

造访

七彩的童手拍印在墙裙
笑语与缤纷，此型可造
搀扶的背景伴着老少的叮咛
行者与路旁的仰慕
惊喜
万物皆是你的原料

颜色

纯洁到尽头
是大地天空的静候
是七彩世界的张扬
而你成长节奏
却收拾着春夏秋冬
装入心里，裱褙自己
匡扶了这方已知和未知的风景

眼光

村里的夜很长
谷深田阔，早早进入了梦乡
席座上有数不尽的奇妙
太阳与月亮都是猜想
争吵的还有田池的蛙与背山的鸟
谁说
睁眼是白天，闭眼就是黑夜
不信，你试试

帐篷

春天可搬到夏天
小女说，飘飞的心
与最近的天在拥抱
温度越低，亲情越浓
一间屋子的构件
一生仙气的调适
涂鸦一片迷彩
天地间即可呼唤
四季的轮转

针草

生长在云顶的草
编织成仙丹的传说
像一本书经久不衰地吟诵着
以自己独立的锋芒，沐过风雨
不经意从发现与绽开之间选择了孤行
是神农的，也是万物的
在授记于本身与心灵交换之旅
在一席梦中
总散发阵阵大地的香气

速度

尽管护眼灯下的书写
可以弥补童心与教科书间的空白
但，我还是忧虑着
近视与老花的邂逅和无奈
或许，他们一次次拉长的光影
恰是父母一次次老去的速度

月光的愿力

站在海心不妨大胆冥想
波光之上，尽是遐迩浪漫的相约
闲院时不妨倾情凝望
晚秋之上，无量繁星的背后
宽容过多少悲凉与博大

你所处的位置，恰是月色怜爱的地方
推开每一扇观者的心门
让熵尘降落在幽灵的山谷
或许，转身间便成这般神圣的梵音

你心动的方向，如同东升的朝阳
时光不偏不倚，人群不离不弃
慈恩流转，祈愿如新
若攒下足够能量，何愁吝发金光

你许我，繁华之上的月光山顶
我愿，与水，与山，与路，与云
与光，我愿化成奇峰异岭
躬仰你这月身的前世今生
叹止你那愿力的千古绝唱

月之皓，光知道

殿堂青烟，振振呢喃

足以，催生无间的星辰

安抚着多少凡黎的喜乐哀愁

目光

姥太的窗，朝西开放
夕阳洒泼三重山的方向
儿时的眼，成了你张望的目光
白天黑夜，晴霁雨霜
成为挂在长衫里最长的念想

窗下的小路
延伸至山的故事与神话
风铃货郎，春秋草木
积厚了他尘下的老茧与痨疮
悲喜相集，离合相交
涤荡过他曾经的脊骨和魂魄
日出日落，客来过往
呼吸着他生命中的长叹和呐喊
哪边的山，哪边的水
哪边的阿哥，哪边的细郎哎
……

姥太的窗台，伴着老去的村庄
眺望着成长的每一双眼睛
忠孝节义，俭朴恒常

几代人如岁如梦的思念与风景
聚焦在很远很远的地方
哪怕是天荒地老
也找不到关闭和停歇的理由

父母的遗产

像鸟儿的模样
春耕冬藏，一穷二白
用呼吸功夫丈量季节里留下的长与宽
失重与翅膀的联系
从不缺生命鲜活的意义

童年是你在时村子的颜色
弯弯小溪，曲曲小路
无声表白的婀娜
也曾流动过岁月的欢呼与哭泣
也曾掩埋过人间本真的荒芜
或许，残缺的墙上
那座星月也可找回遗失的角落和浪漫

父母留下的遗产是鲜活的
没有金银山的灿烂
是一本书，或是一座书院
一座山的巍峨
是海市蜃楼的短暂与美好
是一段货郎与老者的对话
是一回天上人间的邂逅

是我与她童话里的戏角转换
色与形，巅与谷，魂与爱
谁可为家训立传，为迹忆命名？

第三章

物之语

诗是你的
也是他的
更多时候都不知是谁的

因为土地

所有的物种都在寻一个归属
一条根，一个母体
一介之夫血脉与柔肠的冲动

因为有厚实的胸肌，超人的负荷
可以承载时光，日月和风雨
孕育往往处在多维的年代
或远古，或草木，或生灵
痴情呼吸着宇宙间的一风一尘

因为有足够的能量
你的体征可以是万类的进化器
接收，磨合，利益恒久
演变物华的定力法则，自然
惊破一部千年的经典

侥幸认定了生养的父母
因为立足，因为衣食，因为哺乳
还是因为有冷暖，有斯守与冗绊
也因为，傲慢与偏见
今生无法觅见前生与本来

因为土地，受记正神的锦囊
撇下饥寒和饱满。一位族长的秘史
当恩典开局，没有分别
唯有空旷与厚度亘古亘今
几代人的苍老悲喜，祈忏着
陌生爷爷的烟袋
也会酿出寒冬里的黄土芳香

壁虎

上帝缔造了生存的种种本能
种子总在绝崖上萌发
生灵在夹缝细隙中穿流
人，从多种视角
稳扎稳打，顶天立地

欲望是自然的催生剂
求同存异，绝妙重生
哪怕冷酷无声，较量拼杀
或悲，或喜，或生，或死
把冲动超越成可行
把惰性滋养成惯性

拐角的壁虎，这个空间
与游戏中的蚊虫
小丑，杂戏，花旦，还有灵魂
无处不及的大小世界
一种姿势，诞生一次匠心的变革
无论今朝爬在何处
分秒存在便可演绎千秋百态

花之语

月光灼伤过女人的温柔
是传说，还是《诗经》的风雅颂
星星已眨花爷爷的眼睛
这是轶事，不是离奇
夜空，打湿过男人的皮肤

或许，越是有惊艳的地方
就越有可能制造杀手与温馨
爱恨悲喜的戏剧
在纷纷色彩中萍水相逢
一处相知，桃花一笑，几番冷秋
几句话的时分
一朵花开的姿态
足够可以颠倒四季

花，不懂造句
圣洁的春季，艳阳的夏天里
含在口中的一块冰
粉红，并不是
石墙暴动后的紫色力量

蕾，往往是一点迷药
遐迩，昏倒整个婆娑世界
曾经的晶莹剔透
让多少西厢情侣倾饮过断桥的美酒
而你，只要一声娇韵
一眨眼，一滴泪
胭脂可以把山丘红遍

来来往往，花开花落
哪怕是一回触电后的抽搐
粉身碎骨的守候
目光中，那一阵交织的风
还会悄悄在物语中停留

雨的意料

就这么简单，仅仅是
喜欢春色与冷漠冬天的原因吗
昙花一现，代表故事角色的互换
一个悸动的伦常与意料

像闷热难安的蛙
寻落一处鸣叫的荷塘
像溪流的激进与执着
无所畏惧地思索下一站滩石或水草
像森林公园假山的念想
渴望已久的人工水渠与流觞
像挑山老人的能量
踏破一起飞跑的洒脱
像机场即将离分的情侣
抖擞曾经的伤感和热吻的乡愁
找一丝可以重来的清澈

还是这么简单，仅仅是
人性的一场哭泣
天水暴涨后的一次泄洪
草木一秋里完成物种的替代
在梵云与普光中搏击

门之叩

我已被你淹没在深处
涌沸的海水，数以万亿的墙
海的恶兽，杀戮满地
此世界他世界，腥雨弥天
与人性无关，无处可逃
超脱与救赎的轮回
几乎竭尽一生或几世的傲骨
问鼎一脉安详的土地

我的双膝天生是来祈福的
无论是岸，是海，还是云端
老人的慈怜，惊慌与恐怖
熬成最好的供奉
我的喃吟就是拿来结缘的
手里每一钵都映满生灵
注定予行者有无量的回报
我的歌声嘹过，是恩赐你的嘶喊
这敲开灵魂而任等迷醉的天籁
是唤觉大千众生的鼓钟
叩拜的每一金句，每个疑问
都是撞开通往地狱的关卡和密钥

解冻沉浮在半生的狐

被你淹没的心，像落水的瓶
漂流成就了我的水性
任你的本性已度未度，而我
只需将殷勤修成精进
淡漠成一炷檀香的功德
随愿走到霾停风止的尽头
尔时，你的金锡
可否助我振开刚强而忧郁的门

一座桥

久别了，总该回家
就像人老了，总念想着月亮
银河边的传说。隐声匿迹
跨过是非的静候便有了远方
风月无眠，矢守星辰
今夜，斗胆把大海吸干
用黄土捏成一座桥

古来稀的母亲，无惧拐杖
恐怕心肌的痛，心血来潮
管堵了，脉自然不畅
重复使出最好的药引。捺住心跳
无关他人的旁观与逍遥
急坏了红绿灯下的过往

一位蹲在桥头赏花灯的老人
穿越车水马龙
背着流光一同消逝

晨的颜色

晨的本真决定一天的颜值
若想找轻松很简单
学松鼠早早爬树蹿上爬下
若要快乐很简单
把踏露里的小调放声歌唱

人的老去不是因为白发
而在于每天简单的加减乘除
岁月只会把老的还给少的
把老顽童长成小儿童

晨，一切都应该是新的
保持好上升的势态
宛如小鸟，总是早起晨练
用天籁声音，迎接新的生机
哪怕雨霁，也傲立枝头
滋养远行萎缩的筋骨
唤起初心的颜容

旗的风景

夏雨被截在半路上
台风来不及起身却变成了凉爽
只因为，这一张盛大而神秘的面纱
千家万户静静地守望
约起雨霁花开
又是一季幸福时光的荡漾

昨天，今天
都属于这个城市的年代
见证了谁拥有最可爱的脸颊
谁正与时间赛跑
谁会是最得意的心花
谁家又成了最忧愁的归巢
谁说，谁也说不好
一群与命运博弈的飞鸟

绿丝带，是幸运的使者
川流在红绿灯口，懂你
第一个听到极速的心跳
考场外，心灵鸡汤
或司机，或警察，或静静的目光

都是全职的

默默经历人生又一次冲刺

白墙树旁的纸伞下

一处“旗”的景观

喊出漂亮的口号

一张卷

无论是崭露尖角的头冠

还是一件寒门学子缝缝补补的衣裳

你是父母最牵挂的心肠

一画卷

无论是定算题名金榜

还是几分失落惆怅

放松以后的过往

你仍然是父母最亮的风景

一生的骄傲

同窗季

每一粒雪花
都不会自作多情地落下
像晨光里的露芽
没有暮色彻夜相伴的感动
就不会悄悄地划破花瓣的梦乡

今朝，窗前赏花
闻过一本书香，让我翩翩飘洒

渴望跨越天海的门廊
炼一颗仙丹，哪怕
只有寒冬里的酸奶与鸡汤
博弈与对话，采下
生命里又一季春光
静静地等待，乘风破浪时
烂漫红帆的归航

七八枝花，同窗里的四季花
相恋，装裱在诗书的画
堂堂遐情的微笑
丝丝的牵挂，恍然

牛津帽也逗开一种惆怅

今宵，月光杯下
邀一句沉迷的老话
送你，光棍节淡淡的离伤

圣者归来

一句咒语
念断石头的臆想
一曲禅音
涅槃十方火眼金睛
大师兄金箍棒
西天经书的神话
游说不过山寨的大王
这尊像
颠翻了千年的猜想

曾经大闹天宫的潇洒
倾迷天堂的繁华
曾经妖魔鬼怪的较量
捍卫唐三藏的荣光
当尘封往事，千秋涤荡
昔日今朝，圆寂
几生几世的守望

惊叫一声，美猴王
顺天齐名，与地同昌

大圣归来分外妖娆

不是惆怅南朝事的遇见

便是花开半夏的流芳

静待

是词典里的修辞
还是唐宋诗句的影子
或许，算故事里的魔杖吧
人间都市，幻觉般
瞬间冷寂至凌霜
心被炮制，空空荡荡

风，是暮年的使者
自在穿行，独领风骚
红绿灯只为旁边小树而点亮
从巷坊里传出一道问候
惊动了静谧中的花盏
今宵，街头巷尾的霓虹灯
只属于一只忠实的小猫

艳羡的红灯笼
逗留在路旁观望放哨
没有喧嚣
没有拥挤
没有奔跑
围城的几声爆竹烟花

慌了榕树的逍遥

东方第一声鸣叫

空城的老者，唤醒

剑胆琴心的诸葛亮

找个理由

静待一场不期而至的奔赴

雨中人

天，已把路的脚步凝固
却为路人挽留一片天空
走走，聚聚
既是天意，亦是人气

记忆中，为人撑伞的人
是矜持里付出微笑的人
抖音中的心跳，捉摸
静止的净心
移动的芳华，或许是诗
一处几行的风景

昨与小雨同趣
与伞同伶，与我同聆
今与楼同题
与史同鸣，与诗同吟
这不很惬意吗?

雨中，读雨的人
洒脱看透今古传奇
心灵一定收获楼一般的
高大和安宁

穿透

睁开天光时的一行泪
落至荒古
你在拭泪的瞬间爆炸
万物本能的反应
脱得一丝不挂
道说，若是剑拔弩张
必先归隐西去
雄关漫道，笛婉如缈
降下，今生的能量

无数座延伸的桥头
看不够路旁的这泓绯色
尘嚣里的策马扬鞭
道观里的磁力线
吸引着，撕裂着，奔驰着
无力回天的南极北极，转念
越过山丘，天地之间
无为无欲
去漂流，去游说

一句乳名

蓦然回到光的圆心

本来的诗与歌

如来的大千

呼啸般疾风雷电

桃花令

从不因为春
你才款款而来
从未随众喜
你才绽露芳菲

没有伟岸的高大
你却惊艳一池斑斓
没有满天的虹彩
你却香醉一季花开

桃脂娇娇的偎依
阅尽人间烟雨
青山流水的婀娜
一数江山桃李

烂漫可将寒冬敛洗
花季可把运辰藏匿
而你，姗姗涓语
袅袅梵音
拙守艳影之末的冷静
尽是花未尽开的美丽

因与果

茶香醉了耕种的老夫
笑红了眉眼，笑弯了腰
尘埃遮蔽岁月的丰盈
静静藏掖穗尖的锋芒

噢！秋色帮我盘起长风
让飘散不再拂掠诱惑的眼眸
倘若立秋的桂园，红柚
低头，只是羞闭少女的心愁

太阳是父亲的旅途
诲不倦的是
每天都第一次冉冉而升
又款款而落
种子是母亲的托付
是天光才有韬光养晦
是夜幕才会雨霁丰盈

山里的硕果
习惯于默默地鞠躬与低头

只有，随敲响的禅钟
风声落定
才会昂首挺胸

星座

梦里的运势
今晨从天边启程
西风瘦站，往事不见
心如海，披上笠装
星光泼洒在戈壁滩
就像红柳花，或红或紫
油井撞进了无人区
野马呼啸在生命的深谷
无名草装点整个宇穹
刺出岁月的锦绣
此刻，一朵云，一尘埃
一瞬冲动
兴许，把月亮与太阳
同拌在天廓

两线风筝

轻盈不是你的真身
欢乐不为你专属
这是让孩子们离开的游场
美丽与温柔隐蔽着竞技与杀手
一只能说能飞的鸽子

插上翅膀
只因为捎上一口家乡的话
这里满是稻香与泥香
酸酸的，咸咸的
哪怕是一呷茶的味道
也胜过战地高粱的十里醇香

多少次飞起的时候
从衣襟上揭下的绢丝
或是我的长发，我的腰带
把梦编成长长的，从不放手
就是只当一回工具的脱胎换骨
短暂旅行的一次飘逸
延续着未解的今古传说
我牵这头，谁牵另一头？

花开驼铃

古树新芽，在日光倾洒的时光
眼耳在拐角处绽放。撩拨
水桥树丫秋天的情趣
花与袍，占据青春的排档
荡漾一群群飞花的愁绪
哦！挂在梢头的朵朵玫红
是岁月羞闭的模样

无猜扬起的喇叭
是归巢鹊鸟的欢咕
唱片里的原声与艺术的重启
告白了戏鱼与石桥的前世
川流了几代风华
镜台里的欢喜与愁绪
触发了钢琴师与学童的音诗舞
一杯莫奈咖啡的飘柔
就是一场幸福的筹算
续签白氏非遗与仙女的约定

守岛人说，红颜花下
便有古坊老酒与月晚琴行

风的追逐

风口，一个念头
把它夹住
总是按捺不住
心跳的距离与速度
一千万个理由
不要任何借口
一枝独秀
呼喊沉睡的蠕虫
又回到年少的懵懂

加油，青春与时空
让我的双臂碰撞
圆圆的身姿，你的肌肤
血脉也开始流动
神经被你的双眸痴迷而麻木
飞逝的穿梭
数不清目光中的暗流
超越了几夜，还是几秋

追逐雨露的一阵风
偶或知道，起点或冲刺

只要有阳光

没有绿荫与榆树

同样，可以抛出绣球

错觉

世界太小
故我必须是一名堕落的天使
此地，无知的空念
从神秘的宇宙刍议另一个大千

依生存法则，你的存在
必定有我的空间
同一个疆域，或早已习以为常
但肯定代替不了你我的姻缘
一个浩宇的劫难吗？太阳和风
没有告诉我这种感觉

了脱了许久，都还在路上
许多幻梦与愿有关。绵长的愁
成就非成就，取决于欲望的深浅
路口的交会与碰撞，憩之重
可否减负。可否同赏异乡的月

我必须为你尽快找到本来的踪影
以诺攒本，各自开启方便之门
天之忉利，地之心城

接引的妙法便是慈愍的精音
你我应何等相聚？

这个世界越来越远，你我闲时
能否等距交换
空间或无间均可错位，是非你我
转让一个全新的发觉
或许，属于共同的世界

归来的旅行

一只鹰隼，还是一枝花
总把我的思绪留在天壤
哪怕大海，或沙漠
唯有膜拜的心，在扬航

传说中的海湾
曾经心痛于烽火与荒凉
而眼帘里的奢华，足以
点亮纯洁与神圣的脸庞
这里是白与黑的时尚
男人与女人的天堂

疯狂的夜场，激情又潇洒
撩开动人夺目的金光
油田工人的肤色，忘记了回程的模样
是白领、是公主，还是工匠
王宫绿茵上的孔雀最知道

哈利法塔之夜不再惆怅
红叶，寄上唐宋的霓裳
船帆之光，眺望东方

丝绸，抚摸过异国他乡
心跳，随冬天沙漠在燃烧
随生命旅行的感动
静静地珍藏
亦珍珍地惦念

归来，不仅仅在梦乡
醒来一切免费
由你主张

黑与白

醒来，一缕青烟
睁开黑与白。眼里
尽是成双结对
日与月，光与影
雌雄结伴
呼吸穿透万物的本源
无色，无声，无边
离殇与缘聚的经纶
赐予了星辰的节气
编织成六根的维度
是法理，还是天象
白天与黑夜
命运的缔约与亘古

抬头，便发现直立可踱
天地的圆心点
不是梦里周游的烈土
周而复始，轮回来苏
上古早先开天
太昊曾已立极
一捏为人祖，一画万物宗

经年的道观里，天歌与慈母
不见远去的风骚与琴鼓
马辙尘铃后的一卷风
造化了登峰造极的未知时空

谁忘了前世与今生
过往的大道，从黑走到白
又从白走到黑，生息不止
云泥之别时的那份纠缠
或在午阳雨后
或在冬藏的泥香
或在悲欢离合的牵肠
或在诗人与先帝对白里的几分惆怅
一炷香，一盏茶，一句诗赋
淡淡烟火，淡至盈盈秋水
淡淡春山，淡至只剩下黑白
淡如黛，又归隐何处？

对话

无数次从睡梦中惊跳出来
撕裂自己的心肺，呐喊
大地啊，我怎么就动了你的奶酪
有多少怨恨不可以化解
有多少嗔怒不可以商榷

平静的恐惧，一匹白夜狼
突然从心脏爆发出来的野性
改变不了你的秉性，而你可知宣泄的殇歌
刺破了我的容颜，分裂了我的肢体
流离失所，随呼啸而还原
就连星座，也被散落

上帝早把仙女赐给了海的儿子
你还嫉妒什么，生气何故
是五彩缤纷的美貌和颜值吗
还是，闻到过客的香水味
仰仗这对天仙配的传说
试图用雪水净化生灵
这不正是你的功德，顺应
你对子孙的恩泽造化吗

今天，让老天睁开慧眼
观，震痛后的伤墟
听，海水的涓泣
生灵沐过梵音，栽一棵菩提
煮一壶玉龙水，泡一杯九寨茶
对话，在天地之间
温润而知心，解郁结而祥瑞

回香

花已漫过绿洲
奔跑在天边云霄
笑面如霞
推开心窗的芬芳
醉倒了路旁的小草

这个热情还没来到，知了
便懂了曾经春秋的清凉
你走了，行走在百花烂漫之上
用执着与飘然
采撷春天的姿态
撩开花开半夏的时光
当初模糊的猜想
已轻轻地打开过往相匣
邂逅微凉的记忆
不能抚摸湿润的脸颊
却闻到你几度乡愁的回香

一只高飞的翔鸟
不畏前世的苍老
悄悄穿梭在你的身旁与远方

同类

号子，与鸟儿同期声
吹过这个时代的朝朝夕夕
所有的类聚都来自一个家的归属
就像阳光与草场，孩子与母亲
他与这片海峡

成长的标志是认识必然
打交道的人常常先学会道术
有时候，同类会相悖
更多时候，同类则相融
回家的路，走久了
最终走在一条道

有了海才有了你，物同类
哪怕褶皱里沾满酸甜苦辣
也可追溯到襁褓的一条绢丝
就像这条沟，相同的姓名
无须许下生死的赌注
有序与无常
哪怕是飓风可以送纳凉风
承载过往
家训里不同的谚语

天光一现

昂起自信的头
撕裂千年的沉淀，石头
美猴王的背负啊
何时鬼斧神工
离合，因由法分
持戒、禅定、般若
尔辰，踏上一界玄关

谁说这天上人间
梵音已淹没了繁华
天梯、天洞、天岩、天仙
一呼一吸之间
净化了茶醉的鹰隼
心与念，把天与地
自成一隅

今生，有我的路过
这对金童玉女
如你，如来，如愿
此刻，你若童话仙踪
你若花开安然

我便以男儿的天光风骨
修来，弥天一陷
换得你们来世今生
相牵芳年

醒的阵势

物种在昏睡与苏醒之间
变换另一种姿态
决定于相适的场域和机器
风雨的竞技，与大地的磋磨

世上活转的阵势
可以坐上宴席的热词

雨，酒，懦弱，
每一次醒来都可抽干颓废
回到出生的田野

戏中戏

笑声从银丝间迸发
今夜的玫瑰香
不仅属于浪漫的情侣
杂戏花旦不再是主角
此刻，岁皱里的心在萌动
穿越了一个世纪风景

没有排练，没有老花镜
亦可以看清生命的真谛
寻思生命的往来
观一季容颜，便知
爱在精彩延续

疗愈的蜘蛛网

灵犀算计成方阵
眯眼静待侵袭者误撞入怀
天兵飞将，亦是网盲
改写了传统失败终结的方式
引发一场生命意义与殊途的争议

存在本能就是夺舍与献唱
幸运可以选择一种愈饥的例外
抚痕的康膜，模糊了对与错的争吵
静和动哲思着触控的胜券
八卦捡来白与黑的托词
绝地时候，可以成就光明者荣耀光明

微粒与物种超能之间
只身与众生的对角
无数无知的故事和幻觉
一定在守恒与度劫中重启

安放在案头的咖啡

每一次奔梭在这片草场
轻轻地，嗅到你忽近忽远的书香
我曾经为你的每一次回眸而苦思冥想
猜不透你桌面上越来越多的思考
却知道与你越来越少的目光

或许，每一次站立的辩解与传导
你的涓涓细语，殷实了山海的慷慨与绵长
涤荡在我孤独与洒落的星座
串联起我和你，同窗下的相长
这束光的符号叠加成学号之间的雨后
收藏起，曾经赴宴时的离散与寻芳

同一缕阳光，迟到的春夏
静静地把心安放在一杯咖啡乳香
与灵魂对白
一本哈贝马斯交往理论
读写着酸甜苦辣咸的模样
青春学少，不逝的时光
此刻，我将与你同框

老树与棋手

古树丫忘了为她而来的风雨
惦念着荫蔽下的黑白方格
隙间光顾下的汗背
造访了老人的视镜与拐杖
亮堂一片过往的迟缓与喃呢

青石旁的观者，仗着皱眉和树糙
和午夏虫鸣叫卖着一次次竞角
枝枝叶叶，茵茵芙纱
必争之地分秒拼杀
复制起一群孩童的时长

一场疾风骤雨后
霁后的树洞
填充了海涌的平仄对仗

你是禅者

你的姿态，在万物之间
流着不可思议的光景
你的魅力唤醒臆想的婆娑
体悟社交场上安然的呼吸与热情
你的音声，发自鼓响的远方
自由飘摇着缘聚时的对白
如来，一阵风的格调
法喜在天地人之间

你是交响的指挥家
叩开所有山城里紧锁的门
隐忏的笑，将悲怜交还给看山的人
你是慈妙的预言师
摩顶六根的戒定，受记于心
眼神与定力，尽是问鼎泥云的秘籍
你是一支坚强的舞者
随磬而起，把柔弱藏在最美的香华
那般纯洁的身段
便是我今生苦苦追寻的灵魂

你是扫帚少康的别名

扫净角落里每一滴沙尘
指弹间，策一场会飞的游戏
挽救风暴中归来无数的燕舞
晨钟暮鼓，振开古道西风
迎来送往的烟雨
搁满，月亮与太阳的颜色

真柔的道白

借沉浮的星夜
逗开湾月两端的老与子
皎洁抚摸着肌白
缔造一段真人演变的柔术
寿者与罗汉的畅想
摇落界岸边贡果的皈原

老与子的对弈
是河流无休止的流喘
圆是孩时的胎记，而老说
缺是行者走多了弯路与苦难
把腰弯成了弓，况且
先贤开恩的牙影

所有的争雄，从这开始
或许，有了真假方知差别
多了柔刚才显强弱
情义的交换，唯有苦乐与煎熬
可以释放万物的能量
成就你本心，与功德

所有的结局，都出自一种美
真空，像弱者的大碗茶
无须拷贝，无须调试
无海与沟壑，柔与温
均可追溯一只未知的幽鸟

一道闪电

你的诞生比存在更重要
瞬间穿透三生三世
过往大地与宇穹之间
所有物语都为你动容
是因为难以表达的景致吗
或天地，或此界与非界。就算是
轮回与幻影间允许找一条缝隙
足够装进你的影子，还有
惊悚乐园里的一声嘶吼

你的鲜亮，选择在黑色与风暴间
危机四伏的边缘，探究着人们的心
闪现阴险，拽亮良知
你不言不说
我却把你擂成出征的《大风歌》
唱一出荡气回肠
你行影不留
我却捆一把黎明前的火种
静静安放在心底
等待另一个春季的到来

有时候，速度与亮度同样重要
就像你和我的存在
你有的特性我都可接纳
你无形踪影，我还可以为你设计
假设在寥寥荒原，在海角深处
假设在他乡的无名小路
假设在暗夜孤空的街巷
只要在生长中奔跑
那么，你的定义非同小可
能量的意义疗法，缔造的光
千万种本能的创意
以速变的因子，都求同一种守恒
哪怕风驰电掣
哪怕粉身碎骨
唯使眼光与电光亲密碰触
方可找到隐去的霓虹

尊者的山峰

你的宇宙是我孤独的符号
膜拜的双膝是雨滴下磨刀石
将忏语打磨成诗经。也可以把慈悲
安放成大山之重，成就登高的理由
你的站立与海平线无关，却关乎我
灵魂与高原深处的圣地，心灵的归处
畅游这奇妙与猜想的风光

与你对话交换成禅谷里的涧流
可以是轻声细语，也可以不言不语
海阔天空的精神峰顶
逃不了如是的原来的前世今生
在晚禅，在鸣谷，在灵霄，在岸处
蝉联着与人世有关无限的观想
找到泊位和口吻之间的宁静
安放一尊隐者老人的慈容

开一支伽蓝的授意
千年归来便是相思的影子
比梦还长，不是晨钟暮鼓的今宵
是古道　是风铃　还有鼓响

生命的意义与琴韵真香
同路飘飞着风雨兼程。此心此空
铸就了山峰的挺立，叩首的方向
装满过往里未知的故事

闹后的忧逸

聿越的笞痕，往往是汗衫后的季卡
破墙后的花絮，以独自的方程式
挥飞在拓荒的楼堂馆所
一枝花展的力量
袍妆鲜亮也能掩护几代人的星光
满过午夏，正致力于暴风、雷乍泄的前奏

递哥的稚拙可以暂存茫然与慌张吗
各式工坊机噪安抚过不少的心安
淡定的族长们还在为追逐与祈祷忙乎着
山间一条河淌，或早早
成了村头农屋和古树石桥的聊场

来，品杯免谈的奶茶
初腼笑脸，一桶金阳
应和着少男少女的时光
赴奔海平线在巴巴角灯塔的方向

调停的时间

这一切，远比浪漫更可怕
太多的东西，和夜一样堆积成疾
设定这束光，没有远近，没有记号
一直还在寻找。新的可能
这个秘籍永远属于可控的熊掌

老人领着小孩计量着星球
犹如发现
正在改变这个无极的大千
生息的更迭之间
季节应验了所有的幽灵
这条疲劳的经纬，从猜想开始
进化为定律

盘古中，你在扮演什么角色
臆念的知觉，破立法则
孤独因太多的拘绊而顺从
这季颠倒的如果，疯狂的隧道
摆脱生命的方阵又撞进深邃的彷徨
此山，此水，未知春花冬雪
无关芳龄，千古的叹仰

这一年，淘洗的长短
善始善终，若即若离
呼唤重生的养分。风雅里
淡去喜悲的痕，真照写尽
何年，何月，何日。界无间
朗读一个遗愿，屏息
一切已知的时光
还有我心中光
我的忧患与悲喜

时空错位是一首隐居的诗

予以想象，疆土可以与宫闱相提
沙场以儿女和亲的方式呈现
予以想象，红土可以与瓷白同根
匠者可以是唐宋结构的重生
予以想象，山可以与海融化
这，是时空的错
错位一束生命与一首牧歌

那些陌上风铃，是光阴最熟悉的印迹吗
那些海角天涯，是浪子最想奔赴的方向吗
那些青山绿林，是先人最喜好的匿居吗
那些看似柔弱与坚定的倩影
那些看似沙而不是沙的经典
谁说不是向光而生的远行
谁说不是雄鹰与烈火的逐放
谁说不是博爱与尊严的复苏

或许，一袭塞上的风流
巧遇南国年少伸展的温柔
或许，异域舞娘
可以摇摆出封存的愁绪

或许，一生与海有关的苦恋
可以煎出少女的忠贞与牌坊
或许，此刻心跳
只为时光短暂的回响
尘埃却冲刷着来不及落下的私语

大漠孤烟与青衿白瓷的汉臆
只有遗落过几代人的光环，才匆匆一隅
它了却了生命中最美的遗憾与亲昵
无声的相遇，是原上与海平线的对决
宋词元韵的南音西曲
是洒落在大地与月亮尽头的不解情结
还有，沉淀下来方为人知的秘史与绵愁
一面轻纱和一尊遗世荣光

第四章

福之春

奔赴，可以百感交集

无论是悲是喜

能唱出来的一定是歌

透过窗，看见春天的彩幡

雨霁，撕裂着霾
桥虹在流光，把心系上
挑着东西的晨辉
孩儿的梦，从黑夜走到了白天
捎上多彩的千纸鹤

可恨的危难，都在诱发
无数善良的回归
这缤纷的颜色，这彩幡
让我透过生命的窗看到春天
是仁者的示意，亦是天地的庇佑

因为洁白，天使的路
用智齿咬开受苦的伤口，才有
生死攸关的路口，只有道义
特殊的知己。我愿意
是盲道上助跑者，把希望冲刺
留给捧杯的人，让自己深深地
潜伏，饰装成拓荒的逆行者
光的本色，血的方刚

危急和牺牲，与鲜血的颜色
属于同一命题。叱咤风雨
矗立在灵魂巅峰的一面旗
挺立，示意着信念与伟大
飘扬，引领着无私无畏无惧
倒下了，还有后来者
多少次先锋时刻，垒叠成
巍巍的脊梁和跳动的血脉
冲，把头顶破天顶
守，将心注定石烂
誓约一场决战
阖开一扇胜利之门

战场，没有硝烟的魔方
只有时间和生命
用肌体筑起的烽火台
闪电时的剑胆与气魄
基因，还是那个红色基因
迷彩不再是撩眼的风情
唯独忠诚与智慧，用血乳
与这绿色快速反应
编撰一本百科书
大写在风口浪尖的丰碑

凡夫的身板，装点每个角落
从没嫌弃城里与山里

用秋天的一丝微笑
赋予了，家的一片安详
不仅仅是这般竞技
默默地，拾掇着无名的诗句
这一年，冬去春来
颜值，来自橙色的预警

夜雨中，孩子梦见了汩星
我许他眺盼天明，送上洁亮的雨露
看看窗外的彩幡
万道普光，五彩斑斓的风景

挺立春天的路口

这一切，又如约而至
一列阳光，熟悉的背影
这一切，已习以为常
走过的风雨，雕刻着赶考人的梦
这一切，都百炼成钢
曾经出征时许下的誓言
播下种，扎下根
这一切，萌发在今春的路口
大写在目光里，深埋在骨骼中

这一切，为了方圆的宁静
不是寓言，白色与魔方相对在一起
绿码与赛跑在同频呼吸
这一切，为了花开的大地
花是春的容颜，是万物芬芳的秘籍
此刻，我和你都是春光的明镜
季节缔造了荒野的拓耕者
结识了虚拟的亲密同伴。而这一切
可以用万家灯火的诗语
用独特的艺术视角来释放
激情与暖意的节义——挺立

终归你，一个不凡的奇迹

挺立，以逆行的名义
在峰峦与岩松对峙的地方
是破晓的方向，是精神的坐标
每个背影的高度都可以是傲立群芳
每处律动的频率都是同城花开的声音
相向平移只为更多的能量重合
步履维艰是让更多同心随风景旋转
挺立，危情蕴藉着新机
生命燃放中，你我越淬越强
枝枝叶叶里，家国是共同的肌体
一种谱系，一样的风骨
在盛满伟大与自然哲理的时代
风暴与雨霁变幻的春天路口
心还在，山川无恙

会师春天

我的先祖，早已预言
奔跑的运辰，定格在黎明
注定，要挺过这黑色的夜
我的使命，赋予
这片天空和土地柔韧的光芒
哪怕，解开生死的秘籍
也要缔造寒冰里这股暖流
点燃浩宇的每个星座

复苏的季节，含蓄着
告别天亮时的泪滴
冬蕾中的几抹霜
出发前的露珠，就是
隐忍者的智库
足以，让所有至亲至爱的灵魂
凝固与疏远，排成行
一阵风，一个结

春来了，驱赶着黑暗
康庄路口竖立着鲜花与牌坊
谁知道，盛开的拐点

可以许众人，急红了眼
透亮大地的心脏
踏着春泥的气概，奔袭着
朝向婴儿诞生的顶峰

信诺的人，往往受宠于危难
无论何时，无关几更
哪怕生与死的赛跑
正与邪的搏击，都把
最真最美的号子，送上
无量激情与光明
抵御瘟魔，湮灭毒霾
只为唤醒熟睡中的孩子
慈悲的心

生命的力量翘首在东方
星辰的方位，悠在
在巍巍风骨，在蠢蠢脉动
严冬已去，便是春回
这个春大的约定
是捍卫者会师的黎明，入化了
阳光下的金刚锐士

我的祖在春天里

很久很久以前
我的祖，挂在爷爷的厅堂
挂在父亲的嘴角边
喃喃叨叨
姥姥，太太，宗长，先辈
从来不知晓的模样
仿佛，只在意这堆坟头的草
犹如，秋的收割，珍藏

很长很长时间
我的祖，是一阵风
来无影去无踪
谁在捉，何为殇
惆香怅烛前只为一把黄土
一族人，黄皮肤
在风雨里漫漫穿流
不停留，不回头

很好很好的季节
我的祖，像鬓白的头
总算找到了家的路，归途

半夏时光，家国花开
尊孝、仁爱、俭养、德厚
仙者的风范，逝去风尘
清清明明，翩翩起舞

很静很静的地方
一声虫鸣，便捕捉到祖的灵魂
芸芸众生，天佑宇穹
与春秋对话，鲜花，老酒
如你，如佛
念，挂在万千世界
心，降在烟火人间

春雨是一场艳遇

万物就是一张当初的契约
预定着日出的时间
各自坚守交付的诺言。那地址
示意着出发的旅行
不约的今天与明天

涧水和草木掺和着这束光
未到破晓，谁也无猜
深埋土地还有多少春风与暴雨
笋尖，花蒂，还有冬眠已久的大千
或成为蓄意暴发的使者
与此季有情

蜜蜂，仗着色香蠢蠢欲动
打破蝶战纠缠的游戏
唤醒了属于这个种族的风流
来去间，韵事中的清规与戒律
恰是踏青者的浓妆琴瑟
争宠的云儿，恬静了孤寂的心

粉墨登场，注定是不安分的季候

还未全开却触发霞飞满天
领舞者不论时空，若谷与巅峰
狂热与健步，抖落离舍般的泪目
所有星辰，都平等享乐过往的萌动
如诗，如茶，如虹
如是亦是空苦，亦非是
相遇一场惊艳和鸣的飞花令

关不住的春季

是谁把海峡之水染成了绿潮
泼洒在西岸的地表上
春光在这找到了媳妇，安了家
雨露常邀着太阳，滋养着山山水水
聚集了一个足够容量的氧吧

是谁与天地爷开了一个玩笑
阳光也会下雨，岩石也会开花
不安分的还有永不换装的树杈
不变色的青芽和不脱俗的对话

春天用自私的名义
独享着都市繁华和一爿田洼
丝毫没有走的踪迹，没有游说的流浪
起风的日子叫清爽
夏日里的七彩衣裙，常常
叫醒会呼吸的草地、森林和野花
时而狂风暴雨，邂逅浪漫无暇

一抹田野里的金黄
惊动了清一色的山水画

这里没有秋风飘落的声音
也没有窗外凋零的酒吧
只有拓荒者一串串的汗颊
串起来的是一季的果实
串不起来的是一生的耘耙
当凌波仙子依然穿着轻盈的白纱
奉上一杯热茶，在大自然的恒温中绽放
其实，还是这位春天的姑娘
悄悄地把乡愁剪成画，在牵挂里歌唱

常青常绿的季节，叫南方
春姑娘的霓裳，夏帅伙的胸膛
秋爷爷的风霜，冬妈妈的襁褓
时间看惯了自然原有的风光
却忘记了四季的模样
但，气节的悠长
变与不变都是季节
恋与不恋却是情长

每一座星辰都是我心中的版图

昨夜，风月憾缺
所有的宇穹都在为你隐喻
千千陌生的面孔
迢喊不出你曾经的乳名
岭上的长风
把求真的路交响成绝唱
闪烁一排排鲜活的面容
红军，缔结每一颗基因的种子
占据了今天与明天
撒满所有血脉里的星座

这方土地，圣洁得出奇
衷肠里的感天动地，应雨而生
模糊的泪，不为送别征途上的昔情
只为让更多行走人的步履
找到流星划过的痕迹
回望的泣滴，挂上雾眉与青山之巅
听见雨水碰击红土的声音

允你相约，仅在人性一念
造化天地的距离与托付的模样

或圆或缺，或雨或晴

天空与你之间，不可丈量

只需一点微小的光，足够

点亮整个星辰。而我懂得了拾掇

片片致纯的心地，试着网罗

每一处星座的标号，拼成生命的版图

在箭弓上学会过往，在色素中提炼

汲取养分与能量，崇奉忠义

任凭观止，随我倾诉

爷爷在月空下穿越的那段时光

梦的心脏

妈妈说，每一个人
都生长在太阳的光环上
熠灿的朝晖，便是梦起飞的方向
山川说，每一个游子
都是伴随月亮游走的行囊
青山绿水，便是儿女人生的诗行
银河说，每一颗心灵
都跳动在星星的眼睛里
闪闪泪花，便是乐享感恩的微笑
我说，第一个梦
都长在大海与蓝天心脏上
只有热血才有生命的绽放

曾记得，女娲补天的故事
今古宁无炼石手，补天原不用金针
千年的修炼，灵秀了五彩石的晶亮
她用身躯丈量出生命的高度
演绎了与天同在的神话

曾记得，几何的壮举
风敛阴霾，雪洒尘埃

那是，风霜里踏石留印的代名
用爱，撩开忧郁的阴迷
用梦，托起一片蓝色的愿景

看，圣洁如画
用初心追逐着比天还高的云彩
听，耕读的声音
用智慧解开橄榄绿的奥秘
这里，是一愫乡音
踏着浪子凯旋的铿锵足迹
这里，是一条长堤
呵护过每一次生命的回归
每一次呼吸
亦是一路春风急
拂起真善美的清新与淡定
这里，更是一曲正气歌
彰显危难中诞生王者的气魄与胸襟

梦，由海平而起，在蓝天而舞
在有能量的地方飞翔
不与英雄媲美，不与智勇相长
但可，傲立潮头，乘风破浪

与春光对话

谁将寒霜积攒成今生的能量
只等你驾着时光机的到来
谁走过暗夜，在破与开之间
找到正当的理由
这道因果与伦理的命题
与气节一起莺飞草长

地平线，披上霜。是霞
裁缝着储备和取暖的大褂
有烟雨的地方就有最美的印象
青梅旁的马甲，绿荫上的大白
慰藉着路人的心房。不用问
度过多少突如其来的慌张
在阻隔与回望中眺望着日出
这壮举，托起大地之重
闭环、曲直，有流觞还有歌唱
这个春，勇士与姑娘的对白
剪出一幅窗花的模样

春光，从难易中分离又捆绑
妈妈和我在一起成长

平分春色的暖，依存在午阳
风寒与白云相遇在青涩的窗台
伤感不是闭月的容貌，不是我的初心
绝地重生的那一处风景
那席山海回响。一场对决
在突围中找到拯救危难的金杖
振开天地之门，迎接
堂堂大者的荣耀

只读你半边云彩

巅峰，容你站立的姿态
把魔力的笔棒，那般光
那般粉骨，划破苍白的宇空
从此，开天立地
风雨与阴晴。成就你
半边的样子
案头论道的古今。成了我
长大的花絮和路上的风铃

性情与魂魄，同属翻开的典籍
只为你，游说一支驿动的书笺
半亩和半亩的田间
从扉页开始，每半页的光景
尽是你此生种下的桃李
外边的是我，里边的是你
任凭阅历，任意切换
午茶，暖一颗书匠的心
把荒野嫁接成森林与绿荫

开与合，如梦的窗
那个精神的闸口

释怀了银河和星座的夜话
长衫里的风雅与经典依然
这季春天的时代
是谁缔造了万物生息的声响
归时的大雁，花丛的蜜蜂
生死重生，里外重逢
仿佛，骚客叩开南庄的那扇门
抖音中顿然，左推右敲
一边是家，一边是远方

读你的神采，等量齐观
初心和运辰已诺定在山海
如灵魂之岸，腹有漫天的云彩
尽情释放，也不断充满
而我只允自己，记录你霞辉下半边的诗雨
足以，让明天的种子萌发
静静地，等待一场盛筵的归来
一首平凡者的赞歌

被花童唤醒的春天

孩子的笑是村头的艾草
赶上了彩头，却踏青了心头
焦躁的心，安在曾经追逐的路桥
每颗星辰的露光，都有各自的归途
有活着的，也有被淹没的
行走在晴宇上的云烟，或许还记得当年的时光
雨，就是一种醇发的因子
足以，让这个季节有生长的力量

阳光是失忆的迷方，多少次惦念
都纠缠在荒废与开荒之间
时雨带不来浪漫，也带不去悲咒
无法拾掇的因果，慰藉
一席心灵的土地与草木的词白
四月，我在遗失的无字碑里挑剔着
何方的风景？无须多少莫名
失意中回神，收割着偶像的戏衣
宛约下深夜里的惊悚与彷徨。就点盏灯吧
前世的恩惠和今生的悔忏

天地有雨，花也不等你
风所向，花开了。雨便起了
声声中，找到有你承兑的契约
这一赛季，属于清风的孤独与盛情
属于每个日落的以后。那片雨
扎在心结的那朵小花
唤起使者的过往，把瓣酿成酒
从雾中寻来，在烟花里散去。半醒中
不带走一丝人工的绸锦。唯祈
往回的光阴不会有霾的返现

吻你唇光一袭

天地间，我是瑶池里一叶小舟
凭览岁月的星河涤洗与漂移
山水间，我是附体在万岩中一粒种子
千悬万崖也要站立自己等待春光和氧分
你我间，你是我面下唇边的一袭暖流
总是捕获叩见时灵感的芳菲和仙蜜

森林与丹霞间，我不再抉择
因为是你们赋予了生命的乳名
从此让我不再孤独不再远行
溪涧与源头间，我不再迷茫
因为有一位仙祖召唤着古今的循序
天地归一理，万茗回一窠
爱与愁间，我不再追问
因为这里的烟火拷贝着人间的潮湿
揉捏过曾经的伤痕
因为这里的晨露滋养着每一片心地
每一盏未知的香气

玉女对大王说
不是你我的浪漫缔造了山水的传说

是前世一草一木的约定
换取了今生的无怨无悔
母亲与大地说
无须我穿越人间的春秋离舍
祖辈的红袍里，锦绣着一句不变的信条
允你觅寻一回失落的记忆与乡愁
哪怕是淡淡的容芳一眸
我许你九曲柔肠，龙窠回荡

母亲，原上花开的留声

大地的秉性
源于物种自带的光芒
一切开始的动因，与阳光有关
姿与色，不排除差异性撮合
转换与替代，把原野圈在一起
巅峰的定律永恒

与天地同频，莫妙于前世的性情
万类始于母，缔造成慈善样子
既是代名，亦如是普度的根脉
膳师的因果在汲取与赋予之间
博大与宽厚，或托在一念的亘古
生生的笑，便是母亲的尊容
原上，花开半夏的景致
没有时节的花期，是不怠的流音

我们都受宠于这个季节
没有任何理由拒绝与挽回
所有的能量，重启于善法
铸成这把基因的钥匙
畅游在岁月的里里外外

琴晚，每一盏不远的灯
都是你的表白，你心灵的维系
雨晴装进家书，烛泪化成容颜
独肴的绸缪与琉璃，无法
抚平日月星辰的悲喜
却把一池云锦泊在天际
归原在田间衣食
清清地守约，静静地收割

归隐大地的一粒种子

我前身就是你的儿子
你用本性造就了我生长的本能
出生、入世。无处不在
依附着你，你的血液，你的肢体
你的灵气，赋予了我萌动一切的可能
让我在禾树下纳凉，也可以
让所有土地都飘着你的芳菲

我本身就不是神农的基因
但我借着你的名义
识过无数个同道的兄弟
他与草木，我与稻花
为天下苍生，编织一件百姓的布衣
在修修补补中，找到伤口重叠的良方
在人间疾苦与饥饿两大经纬中觅见
同一个话题，燎起众生的烟火

我是归隐大地的子孙
或与远方来客的陨石无关
与星座无关。有关
磁场引力与这方土地的重心学说

缔造繁殖与安居之间的契机
破译青禾呼吸的密码
输送生命里生生息息的氧气

我始终就是你的儿子，母亲
先猿盘古的胎记
铭刻着使命。我就是每一颗种子
隆起的是高山与伟岸
天下粮仓的因子。稻子熟了
从此有了温饱的根本
但我的梦，还是选择远方的西行
平平飞落在你的怀里
隐隐地汲取、充实、饱满
等待另一个冬去春回

赴约一场圣洁的喜雨

不曾因为厚重与辽阔
炙热才安壤在塞麓的疆域
不曾因为宁静与轻盈
心念才寄托在云端的瑶池
在古老与深邃的森林之海
无论痴迷，无论韵怡
我的血液生来就是你倾洒旱野的甘霖

大美从来不属于弱者的繁星
斑驳是耕者的千古文章
毓秀是骨肉相连的山海交响
师者，沙漠胡杨前的一道冀望
春风时刻，万里高光
添翼者天空之上，播种者福田满仓
援手者，强者恒强

垒起与心最近的地方
无畏落日悲喜，无畏枯沙孤寂
接续着春潮的报道
脊梁与智勇，柔肠与格调

这般纠缠是华夏的一场喜雨。赴约

一场圣洁的天地盛宴

让每个别离的爱扎根在这片深沉的土地

致路上

倘若没有车站
你便通达天涯海角
生命的真理
本应感恩走不完的旅行
车辙，流水，还有四季
或许，万物才知道自己的秉性
不随斗转星移
过往的曾经，是否
印记在用汗浸透过的无名青石

一路上有你，哪怕
花丛的荆棘，也纯情
只剩，刺破又弥合的呼吸
氧吧，绿踪的声音
路口之迷
是迂回，还是圈套
或错过，或相遇，或指引
朦胧的身影就是密语
行走的，总是精彩的风景

汗颜，在山坡的凉亭

来不及擦干遐迩的花香
泪行的低吟，悲伤与悯怜
伴着渐远的驼铃
尘埃解开了依伴的柔情
寒夜里，道一声赶路人
珍重，前行

开启星座的运程
蜿蜿蜒蜒
起起落落的那一束光阴
在心与宇宙间圆寂
今晨，这里闻鸡而动
裁缝每一件地平线上的新衣
只为朝出暮回的人
添上一分温情
送去一支轻歌曼舞

光芒下的赞歌

成长的路，很长
曾经多少次与你擦肩翔徉
读过的书，明了主张
曾经多少次领略过你的容光
我心中的梦啊
萦绕过你的名字，你的慈祥
无论是悲亢，是沧桑、还是辉煌
我走的四季里，都静静地收藏
你的胸怀，你的智慧，你的能量
那是，一个世纪的光芒
跨越山与海的博大与重量
天地玄黄与人间正道的交响

你赋予的光
把距离拉近，把心照化
那是，当下伫立的履步与时尚
因为那束光
我们可以面对面对话
相互倾诉着牵挂与衷肠
把痛楚定格在过往，将幸福写在脸上
因为那束光

我们有理由找回迷失的路标
彼此有了生命的参照
擘画致远的蓝图
装裱一副老者的淡定与从容
因为那束光
我们重新举起燎原的火炬
用心灯洗净前世今生的疲劳与彷徨
让星火解冻苍白的思维与想象
稳操胜券，擂鼓前方

有光的地方，必有方向
那是天地守常，花开向阳
曾经，千里万里的追寻
一盏薪火，一腔风骨，一处伟岸
唯有忠诚与信仰，可以
铸造万古千秋的基因血脉
承接与流淌，便是
山河的姿态，日月的光耀
心中矗立的那一尊像
与光阴同奏
一部荡气回肠的时代乐章

那片海，我心灵的蓝图

妈妈的童谣，装裱成梦中的一幅画
一抹蓝，唤醒生命的节拍
那一抹蓝，曾经伴我欢笑
扶我蹒跚，教我学语喃喃
指引我撑开地阔天高
随同我走进如花的四季
擘画一座殿堂的风景
——与我和海
在海边，在春秋冬夏的节气里播种成长
在海上，在品尽酸甜苦辣中分享喜悦与幸福
远航中，只为生生息息的乡音而歌唱

我的梦，进化在妈妈襁褓的彼岸
这是妈妈的心灵应会，是世界的五彩斑斓
那是一曲海的交响
一回无处不芳草的重生与呼唤
仿佛，捉摸到了戴在孩儿头上的花冠
动情地书写青春的灵感与激情
给予我们知识爆炸的能量与博大
赋予我们纳百川的气度与胸怀
从此，怒放在生命之花的起点

——出发！

初心与海，注定给予信念与情怀
有天涯海角的誓言
有乘风破浪的巅峰之岸
每一次纳新与重启，都赋予了使命与冲动
优雅转身的蜕变，一生一次足够
那就点燃一颗火热，把潮涌掀起千浪高
那就埋下一粒种子，汲取整个大地的能量
用一束光的荣耀，成就属于自己的先锋时刻
无论何时何地，以海峡的定义
以春天的名义，让鲜花铺满整个港湾
以青春的宣言，点亮生命里最纯真的底色

那片海，是游子归乡的一路蔚蓝
风雨兼程中挥洒着汗滴与微笑
冬雪寒霜中追逐着花香与暖阳
桃李与梅红中，蕴藉着大海深处的庄严与博大
这种大美，从默默质地中无声迸发
就像掌舵者的航向，圣人出关时的示言
将深情刻画为一撇一捺
这种大美，天海一色，人海同行

那片海，我的梦牵着你的梦
与海共生，与海同长
生命的颜值，属于故事里的个性和张扬

流淌着海一般的热血，汲取海一般的养分
奔放着海一般的潮涌
这般跳动的根脉，连着一路风景成长
铸就永不言败的风骨与脊梁
一往无前的慷慨激昂

那片海，我深深眷恋的那抹蓝
这里是相看两不厌的金色沙滩
漫过串串的记忆和浪漫
这里是茉莉洁白的浪花
激荡着我追赶高飞的云彩
这里是坚韧矗立的船帆
挺起我人生的坐标和方位风采
这里是幸福起航的万里蔚蓝
这里是，一片心灵的蔚蓝
圆梦我们的青春，我们的未来

几代人的青春（组诗）

出塞

把红心举过头
闯进大山
把老酒酿成一腔热血
奔流大海
钢枪与幽灵的涂鸦
肤色濡染着心跳，奔跑
太阳升起的地方

旷野是天南海北的魔方
每一回陌路遇见
雕塑成哨卡和马尾松林的微笑
行走在天边的营帐
有海有山，也牵挂
星星与月亮
一道古道西风瘦马
一曲南音北调

风骨

熔炉里，打铁花的人
把寒冬疼爱成半夏
把冰霜撮成花开
一路泪行，站成一座山
从不，问鼎生死

把肌体磨成了茧
把风景看透为风骨
赶进迷路沟，蜕变
十面埋伏，岌岌可危
只身呼啸惊破天穹
一声怒吼魍魉末途
用热血，矗立一面旗

汉子

肩膀裱着父亲影子
梦里装着大丈夫的记忆
巍峨，正气，情义
用孝忠大写成家国
与香水无关
非草木无期

当风尘拂绿的眼眸
汗水撑起了一片野心
一把抚热的古琴
琴瑟和鸣
一样倾国倾城

女神

巾帼大将军
当初被你唤醒
花未全开的季节
阳刚与柔情相遇
青衣与本色蜜意
哦，谁在传送秋波
谁在为谁送上一支歌舞
谁在为谁耕种一束玫瑰
庄园里儿女
盘起长发，收起霓裳
不让果香熏醉你的衷肠
只为电波
锋芒你琴心剑胆

行者

你的血性
刻在大地上
韧劲，被人指为任性
战狼交锋，白刃格斗
将短兵当作长矛
容血气示为方刚
一日奇功，三步穿杨
脚板破解了铁甲
流光中，设计师
颠覆了行者的足迹
忘了曾经母亲呼叫的乳名

天将

一群人
仰望星空
仙踪的神话
编织了通向天堂的路
涉不及宇宙的皮肤
忘不了回家的路

隔岸在银河

定制一件笠翁的衣袖
深蓝的浪漫与安乐，超越
一道闪电
揭穿魔怪的阴谋
造就了一代枭雄
观音救世主

蛟龙

潮涌催生了掌舵者
苦涩脱去了柔弱的皮肤
赶海的天赋
闻到渔夫的味道
螺号，从东到西
在栖息的地方
敲开龙王的梦乡

有海盗才有正义
有风浪才会出手
港湾与沙滩，深蓝与沙场
邂逅一场独白的盟誓
出水蛟龙
长缨在手

出鞘

呼啸的长风
背负古今走来
从孩子哭喊声中惊醒
穹宇之上
天宫上的游戏
因屈辱，戍装千里
迷惑是你的颜值
底牌是母亲的磐石
当天狼日食
你便撩开面纱
指点要塞，顶天立地

每一朵云都是，破解
矛与盾的秘籍
闻声而动
行影无踪，过往不留
上演盛世大戏
择天记

种子

是谁，将一颗心

抛洒在茫茫戈壁与海边
风沙，浇灌出生命的绿茵
是谁，把三点红
缀在郎儿的胸脯和头颅
枪林弹雨，站立在山头

青春就是一颗种子
播种万物的萌动，而你
深埋在第二故乡的热土
待到烂漫的春天，绽放
一片绿洲，一曲赞歌

多少回在风雨中相遇
不知你是谁
一道闪电，争舸先锋
一流铁骨，铮铮有声
泥泞比钢枪更坚硬
迷彩的风景最亮丽最传奇

点兵场上，曾经有你的声音
或卒，或炮，或将，或车
血性与柔情总是两相和
铁甲硝烟，进守交锋
历尽磨难，生死不改
上阵铁战士，下擂硬兄弟

当泪水浸透绿色的皮肤
铁面和柔肠，在旅行里结营
打上一个结
花与锣鼓，成为牵挂的红娘
一头牵起送别的十里
一头亢唱着再出发的喜讯

我守望高高的瞭哨
而你，守护着经年的故事
是激情，是抉择
是秘史，还是偶遇
生命的珍藏里，总多一分惦记
永不磨灭的印迹
却又渐渐模糊的身影

学堂物语（组诗）

学长

长袍里的长风
自在潇洒
是粉笔行走在春天的踪迹
是寿者磕开大山的钟鸣
观止，倾听，仰望
云端之上，初见虹霓
星光领航着大海的波涛
哪是，翻阅扉页的天籁
用背负的背影
开启灵魂的远行
时而潮起潮落
忽而悲喜忧伤
三尺芳地，家国天下
悄然，鞭醒我成长的梦乡

书香

沉淀了千年的酒

一直寻找梦中的人
懵懂，撞进方塘半亩
酿造了惊天动地
量一斗清风
酌八方柔情
翻开，便把心欢喜
释怀，就让思愁畅饮
像袭一曲闽剧、南音
还有，木偶戏的风韵
把古今客往定格在天宇
缓缓流淌的阳光与白云
在弹指间
醉迷十里稻香
忘了姑娘几芳

礼堂

唐诗宋词里
记得你的名字
圣人的教化中
回归你的身影
庄严肃穆
恰似为你装点的理由
文行忠信，翩翩而至
春夏秋冬

涤过多少玩心童趣
沥尽多少远去的风尘

曾经的迎新
欢笑总把书本记忆开启
曾经的青春舞会
宣言总把激昂举过头顶
曾经的出征誓词
自信总把金榜题名
曾经的毕业季
岁月总把初心点燃
修身齐家，闯开一片天地

一座礼乐的殿堂
一部知行的恩典

古树

记不得，你的轮回
哪个世界，哪个世纪
只知你是苦修行
肌体化成铁骨铮铮
枝头护佑成花开菩提
这片热土，见证
是你完美的归期

耕种的善根德行

从不向人倾诉
孤独，无须打扮乔装
伴着郎儿的晨读
学子的守候，像慈母
笑口常开邀上日月
披风挡雨，矗立动容

一尊使者
树成人，读成书

同窗

把又红又专叠成大厦
砌成一扇窗
婷婷蝶舞，在攀爬中萌动
矮屋里，生长着李白桃红
哦！我的先祖早已定制
智慧的法宝，时光闸口
凝聚在同学的年少
荡漾在书台内外的美景
描摹一曲倾国倾城的神话

曾经的无猜

遇见过经年的青涩
逐渐模糊的这条河界
不再是牵手的鸿沟
课间，踏青的同伴
一边是花开，一边是含笑
一张菜票，一盏煤油灯
支支吾吾的作答
是朦胧诗的猜想
把前世今生曳亮

先锋颂辞（组诗）

致张彦颂

寒门学子挫当舞，客家儿女痛当歌
艰难困苦压不倒青苗的茁壮
狂风骤雨挡不住花季的盛开
你的血脉流淌着父爱如山的红色基因
你的身躯述说着耕读传家的青春烂漫
你用双肩挑起无悔与信仰
世界将为你开启春的旅行
谁践行生命的意义，鲜花永远属于你！

致陈诗妍

诗一般的名字，花一样的青春
出彩艳丽、纯洁自信
激情燃烧的时光中
即便在破晓的前夜经受几番寒冻与霜降
你仍然仗着黎明的星光
点亮心灵的诗行，书写奋进的花季
谁是自己命运的主宰？

律动与时尚的超越
就是清泉般的回声，朝阳般的姿态
你若明亮璀璨，我便芬芳作答！

致郑路珠

你的童年没有太多的歌声与欢笑
且承受了生命不可承受之重
骇浪铸炼你的意志
风高展翅你的远大
博大可容百川，博爱可担使命
你背负大海的重量，寻找春暖花开的声音
在踏青路上以梦为马、破茧成蝶
千里玉汝于成，妍珠匠心可待！

致黄源佳

我会站起来的！
病魔的砒霜没有麻醉你的大脑
生活的困扰从未羁绊你远航的脚步
同一条起跑线上你曾几度彷徨
同一条地平线上你却试比天高
有阳光、有春风，就有我高飞的梦想
勤能补拙，续写佳话

你用默默读懂感恩的目光
追寻人生出彩的坐标！

致陈桢喆

你破解了宇宙的密码
上帝隐藏了你一个天机
今生，“世纪宝宝”不是你的代名
你为自己投下生命的赌注
用局限身躯的不可能，展示青春价值的无限可能！
自强、奋斗、超越，路路坎坷，道道卡关
在大爱的春风中重生，在生命极限中出彩
捭阖“无用之用”之门
求索“无用之问”之梦！

致阮健宁

总有一个信念让人成长
种下善因，收获善果
小身影演绎尽善尽美
大人物尽收美丽的预言
你用童真唤起爱心，用热情感化善行
一种了不起的愿力，把一群好人聚在路上
一颗了不起的心灵，将慢慢改变世界与未来

崇德向善，从点滴做起
春风化雨德善举，润物无声爱有声！

致陈慧萍

一道“花”的命题
贫寒时深扎大地，学会自强
暖阳时昂首春风，尽情绽放
一颗智慧的明珠，丈量求知的高度
任凭锤炼你实现惊人的转身
任凭毅力你开启智慧的升级
洒下青春的汗水，埋下理想的种子
在激情姿态中找到学习支点
在昂扬斗志中做最完美的自己
自信无须理由，成长无处不在！

致陈志锋

孝感动天，让爱圆梦
身为人子，你用“孝”演绎“爱”的魅力
作为学子，你用“爱”传播“孝”的力量
圆梦医学，初心不改
治病救人，奋发图强
守住耕耘的大地，静待收获的季节

这是一首善美的赞歌
一曲青春的宣言
你若登上济世的殿堂
人间将赋予你光芒万丈！

致孙瑾莲

家乡最美的“滩涂”，莫过于心灵花开
你是一季油菜花，花黄似景，芬芳馥郁
好习惯播种好品质，好精神收获好成果
寒窗耕耘败不馁，金杯银杯胜不骄
拾撷碧草地，春来幽兰馨
塑造美需敢为人先，传播美要志存高远
锁定云霄若胸怀，静待春风映莲开！

致何恒春

你是坎坷追梦人
化寒冬成春夏，把孤独当欢笑
病魔夺不去自强，灾难压不倒信念
永恒是你的名词，春光是你的写照
你用身残志不残的风骨支撑起生命的脊梁
你用辍学书不辍的誓言树起仁爱的丰碑
天意无常爱常在，平凡人生铸非凡！

芳菲韵（组诗）

势

乾对坤，昌对隆。
盛世对长空。
治平对理政，国泰对民丰。
旗猎猎，号冲冲。
磅礴对潮涌。
众志千层浪，春晖万里风。
树人新姿惠民心，奋笔放歌传西东。
放眼华夏，炎黄健儿正春风；
纵观八闽，逐梦赤子筑长虹。

山对海，学对农。
携手对同舟。
攻守对韬略，智慧对勤勇。
路遥遥，神炯炯，共享对相拥。
攻坚绘蓝图，抬底见真功。
播种青苗结桃李，书写满意论雌雄。
奔跑路上，时时牢记担当重；
文章案前，字字泰山学书童。

垒

忠对信，梓对桑。
耻辱对荣光。
初心对笃信，补钙对脊梁。
亮堂堂，坦荡荡。
襟怀对天窗。
警言当良药，底线莫商量。
四个意识根扎牢，四个自信肩上扛。
无欲修身，风雨兼程御寒霜，
矢志远方，如履薄冰愈坚强。

马对先，圆对方。
金瓯对殿堂。
降心对入脑，知行对耕忙。
书琅琅，气昂昂，百万对课堂。
形态高站位，阵地若金汤。
组织堡垒全覆盖，善攻善守议是长。
长缨在手，学路催征指方向；
百舸争流，搏揽风云起新航。

进

有对无，红对白。

基础对楼台。

破荒对登攀，精进对扬帆。

琴音曼，笛声缓。

轻歌对唱晚。

诗书革万卷，素养入籍关。

提质升级出招法，创新创业育英才。

跻身知名，厦福师华农林大；

问鼎一流，学林翰海竞风采。

仁对善，物对财。

均衡对短板。

改薄对普惠，扶贫对典范。

山里清，海边蓝，风舞对榭台。

倾心解学难，寒子披新衫。

师德师风新政在，实事平安金不换。

督导评价，多维督政成共管；

简政放权，放管服务襟怀暖。

跋

春对夏，花对兰。

雨霁对漪澜。

风清对月朗，万水对千山。

登福道，览彼岸。

乡愁对满怀。

沉静筹远眺，修齐渡雄关。
春光十里七星塔，芬芳一缕三尺台。
未雨绸缪，甘洒丝露润桃开；
鞠躬尽瘁，愿化侍魂济沧海。

梦对憬，黛对彩。
芳华对时代。
诗赋春山雨，腹书五车载。
建平台，抹重彩。
精神对颜开。
古今对基因，继往对开来。
忠肝赤胆义相随，家国情怀心常在。
国之大计，山辉川媚紫气来；
党之大计，风清气正繁花开。

台湾新娘

这不是等价的理由
却冥冥中命运的注定
这不是一厢情愿抉择
却恰恰是相惜相依

澎湖湾篡改成月亮湾
外婆的唱词等不及便传播天下
满天银发指着满天星星
梦的航向
邀上你的新郎，带上你的嫁妆
直通心安的故乡

台北，台南，澎湖，花莲
民间口语的七娘妈
同样传唱云水谣的闽南语
播洒在九龙江畔的九品莲花
如今已修炼成凌波仙子
闽宁和新疆的石榴树
花开了，连同萱草的芬芳

出发吧！

从东向南，再向西

青壮不是荒芜

英雄不论巾帼

许我半边天，还你新天地

相信故乡的故乡

阿爸说
不要听到别人的真理
才相信真理
而是要用自己的脚步去丈量自己
让自己相信自己

阿母说
不要用他人的颜色装饰自己
才相信能力
而是要让自己放飞的远行去滋养清新
让自己点亮自己

家园说
一定要相信故乡的故乡
犹如，自己相信自己
独善有你
去选择你爱的选择
去坚定你热爱的坚定
无论陆干，还是唐山
不论侨联，还是台青
亲情是大山，母亲是大地

以生命影响生命
以青春融化青春

当一切蓦然回首
我已潮涌澎湃，挥泪如雨

敬礼，每一个强者的星光

这是一次巅峰的集结
浩浩星宇，猎猎风雨
只为钢铁之城的盾垒与矗立
这是一回千古的留声
放歌嘹亮，驰疆掠海
只为赤诚之恋的清澈与守候

曾经与峡共舞的海月
许多青春听到心跳的频率
曾经斗战险浪的潮涌
果敢与智慧砺出了剑魂与血性

从来，驰迈时代者属于强者
阳光与转角
总汇合在生命聚焦的方向
允我用仰望蔚蓝的角度
送上一份沉淀的贺柬
让强者踏上征程
把美好蜕变美好

岸之伟，统揽山河

星之光，笃定信仰
召唤叱咤归来的战鼙
剑指决胜的脊梁
掬起我们山海的绿波
给予喊山问水的温情与能量
敬礼，只为每一个强者的星辰

将幸运熬成幸福

从冬走到春
那一年，柴灶上熬好了
尽是拗九粥的浓郁与稻香
妈妈却盼来了
猫仔粥的咸甜与惆怅
哦！这是家的味道

从东飞到西
那一年，祠厝的栋梁
燕巢上衔满春泥的芳香
燕子却带来了
叽喳的喧闹和欢雀
哦！这是归来的倾述
平安的报道

从那边到这边
那一年，青春上了热词
绿树可以抱成林，萱草也芳菲
九品莲前，花开沁人
菁菁音乐汇，声声浪子情
还有，山河大叔过唐山的风流

哦！这是幸运奔赴的脸膛

知心爱人，我的幸运儿
你把挚爱熬成了自由
此刻
请把你的心贴在大地的胸脯上
告诉我
什么叫作幸福

用热爱煮一壶酒等你

那黑洞的尽头是不是一片桃花源
不必问
我会义无反顾借用“fast”之眼捕捉全新的世界
让你开启澎湖两岸美妙的信通
用炙热的能量沸腾彼此咫尺的神话

那码头的桥头的端头是不是有母亲跳动的心脏
不必问
我会用痴狂与执着嫁接起筋梁的动脉
让你的芳华快递播送爱人的报道
用纯净的火苗救赎寒冬里久违的流浪

那轨辙的前方是不是一片草原的辽阔
不必问
我会用雄鹰的劲鹜铸造门前开往春天的列车
让你心翻越高山与大海的悲凉
用激情的烈焰叫醒奔向幸福的骏马

那大陆的深处是不是一片碧蓝之海
不必问
我会用永不言弃的宣誓推开这扇盛世之门

让你闻着千里香着陆你的营地
用一种热烫与感动来表达你芬芳的归期

那奔跑的终点是不是可以超越生命的精彩
不必问
我会用想你所想，为你所为的承诺
护你周全，爱你所爱。在你我的家园
让你用极速飞翔的姿态拥抱你心中的恋人

不必问，尽心述说
彼此的热烫里已闪烁出心灵的光辉
无论春夏秋冬，无论人间星宿
我都会在母亲的灶炉上，用热爱
煮一壶酒，等你

后　记

我从不说我是一名诗人，正如我的诗不好说就是诗。我的诗给予人“拗重感”，枝枝叶叶，一尘一土，一程一事，看起来格外小心，读起来难以透亮，悟起来烧脑费神。或许，这种“泛适感”正可释放情感的“活性”能量，给予诗与诗者一次亲和又离伤的慰藉。

我顶多就是一名写记者，或只乐于从即将沉醒的朽木案旁做一名普通的信使而已。正像这片海，默默地勾勒着、刻录着曾经过往的路人和拓荒者，我有幸成为派驻这片海的“特派员”。我记录它们的悲伤与欢笑，记录它们的苦涩与甘甜，记录它们沉浮与重生。但，我最怕记录自己的泪水。

文学记录根植于思想烽火。从一闪念开始，落一个人刻画，思一事件翻转，若不及时地将其记录下来，便如同大地荒废、生命无光、灵魂失散，也可能成为写作者最大的人生憾事。

我记的诗，同样有这种使命。

写记的过程是重返与探赜的过程，是对人性价值的解构与重塑。我把亲身感受的东西，从个人肉体中分离出来，从失去的灵魂中召唤回来，通过情感分化剂从自己生命能量中涤炼出来。这个分离和释放的程序，需要擂鼓的动力与勇气，需要承受精神之痛，也需要抉准最佳的掘发窗口。

我一出生就没有见上爷爷奶奶，他们的前世今生对于我来说是一个猜都无处可猜的谜。但可以肯定的是他们生死在一个乱世岁月，一个与生存竞技的时代。我的童年有幸与姥太、姑婆，还有父母及家人一起朝夕相处，他们吃过很多苦，讲过许多故事，但他们无力追赶祖辈的心海。尽管不完全，我还是将他们定义为诗情的“告密者”和遗产的继承人。

从十七岁开始踏上东南沿海，在这潮音号声与激情呼唤的“青春期”，在一万多个日日夜夜里，我起初一直相遇着相同的肤色、重复着类同的经历、述说着不同的故事，但最终还是觉察到了这个平凡并不平庸的不同物语的真正伟大。

每次行走在这片土地上，我都迎着海风尽情地呼吸、尽情地畅想、尽情地澎湃、尽情地挥洒。昨天的、今天的、明天的无可重现，曾经的、现在的、未来的无关星辰。它们的故事与海相依相恋，与这片特殊地理坐标同根同理，它们留给我们一个超凡脱俗又矢志不移的印迹，也让一个写生的人有了可以写诗的理由。

我的诗，随岁月在船帆与白云间飘移，情愫却栖息在这片有岸有岛的山海间。我想做一名心灵的观察家和情感的测风轮，可以用臆断的执着去寻找远去的光芒，可以用怀柔的倔强来眺望海港之性情，可以用淡雅心境鉴赏一回归航的长风和碧波万丈的姿态。

一个时代的故事是诗意里的繁花，与万物同类，都在等待一个归期。

这个归期是有定律的。就像每个人，流浪久了都会回家，只是在等待起航的时间；每个事物，蓄发了多年都会生长，只在等待最合适的环境；每个村庄，日光逝去后都会老去，只在等待岁月的流转；每片大海，潮起潮落总会平静，只在等待日月与大地的引力相衡。

诗的归期是等待与发现的历程，是和解故事、融通情感、原谅自己的历程。这片海，当它等待到我去发现时，其实也等待着它真实的呈现。

每一处的等待与发现，如同一种无形的巧合，一种无声的呼唤。它是曾经与如今的转换、故事与情感的交汇。

曾经是无数个现实的如今叠成的，如今又是无数个曾经风化的。我们一直在如今中制造曾经，也让无条件的曾经影响着我们的年代。在这个过程中，我们需要为其去呼吸，为其去呐喊，为其去捕捉过往的风，为其提取岁月的留音，为其去注入更多鲜活的血液。

伫立在高山与大海之间，冥冥中有一种无形力量在等待我的出现，也期待你的出现。等待的对象也在对象之外等待着另外一场的等待。那是这片海博大的胸怀和魅力所在。这种力量来自日夜相伴的大海、港湾，也有叫不出名的船帆、号子，还有岸堤上徘徊的人、飓风吹不倒的相思树、纠结不完的爱恨情仇。当我离远时它经常拉我一把，唤起我深深的依舍；当我微笑时它经常洒落几行泪花，刺痛我麻木的神经。这种力量，经常唤醒我曾经喊过的口令，我的战友，我的阵地，我的乳名。

一直在呼唤，一直在等待。

将所有的等待和发现都蜕变成我的独白，可好？不确切地说，它们用曾经的语界、曾经的灵魂唤醒于我、怜悯于我、成就于我。而这独白，需要孤立地存在，也需要时间的陪伴。这是主观的也是客观的，也不一定都是。

我是一个不太会攥捋时光波纹的人。我只知道自己在半个世纪中，就像海峡之水起起落落、患得患失，虽有碎片与光子流进心中的潮涌，但远远不足以定义每一宗时间之弦的真正含义。

诗歌是让时空模糊的艺术，是让忧愁释怀的艺术，它让人们的生活充满更多浪漫和猜想。或许，这些被海风侵蚀和被时光埋葬的影子，便为经年久久铭刻的伤痛和念兹在兹的惦挂，恰是诗之本性迟到的表白。

注定恩赐一回不记时间的缘分。正好，物种没有新旧，岁月永远年轻，诗歌也不会老去。

半个世纪里，我的姥太、我的姑婆、我的爷爷奶奶、我的父母，我所走过的路，我所爱的人和我所亲昵的儿女，我所辗转的“文武福地”，知道不知道的事，见过没见过的人，看过没看过的海，听过没听过的故事，一切相见如故，颜色如新，虽远犹近。

人物的姓名不记也罢，地标牌坊不记也罢，爱恨情仇不了也罢。总有一种念头可以捕捉曾经的宇空，总有一种能量可以还原万物的本性，总有一个鼓角可以敲定你归航的时辰。

故乡的风，穿过稻田秋黄，穿过宗祠冠顶，穿过山河迭起，也穿过我的心脏。海峡的风，刮弯了原来的月港，吹白了老者的须龙，划皱了爱人的肤痧，也钻进我的念想。

没有标定时间的诗句，就像有述不完的言语。就让当下的每个人可以把畅想打开，把黑暗照亮，把失措重拾，让曾经的时光活现起来吧。

《福歌与晚舸》，半个世纪的诗，亲身与真实触碰着人性情感，晚舸和海港扣链着沉稳与浪漫的诗性，赋予了山海血脉交融的灵性。诗集分海之戚、家之亲、物之语、福之春四章。借“海”为翼，塑“港”为家，弄“潮”作弦，化“福”圆梦，用细腻勾画灵魂，用本真过滤本色，用厚重沉淀美好，提炼“融”之情和“福”之音的诗歌美感。

但愿，让深扎在福地家园的每一颗心灵，都播下热爱和激情的种子，掘凿奋进与时代的光芒，谱写美好幸福的欢歌。

何光辉

2024 年 12 月定稿于福州